Für die schöne Sara läuft alles glatt. Sie ist reich, beliebt, hat einen tollen Mann und noch tollere Pferde. Und zu allem Überfluss kann sie reiten. Bis jemand ihren Sattelgurt durchschneidet. Zeitgleich planen die Minishettys Bella und Blacky den sozialen Aufstieg vom kleinkriminellen zum organisierten Verbrechen.

Gottseidank gibt es Pfridolin und seinen Freund, den Tinker Faxe, die der oft überforderten Polizei hilfreich zur Seite stehen - auch wenn die das nicht immer merkt oder gar zu schätzen weiß.

Der Autor:

Pfridolin Pferd ist ein Freizeitpferd mit Betonung auf Freizeit. Wenn ihn seine sogenannte Besitzerin gerade nicht mit ihren Dressur-Ambitionen belästigt, schreibt er Bücher und bloggt auf pfridolinpferd.com

Pfridolin Pferd

Tödliche Traversale

Ein Pferdekrimi

Bibliografische Information der Deutschen Nationalbibliothek:
Die Deutsche Nationalbibliothek verzeichnet diese Publikation in der Deutschen Nationalbibliografie; detaillierte bibliografische Daten sind im Internet über http://dnb.dnb.de abrufbar.

© 2019 Pfridolin Pferd

Herstellung und Verlag: BoD – Books on Demand, Norderstedt

ISBN: 978-3- 7412-3791-1

Danke!

Die Leiche

„Und dabei war sie immer so nett", sagte Dana und sah auf die Leiche herab. Reglos lag der Körper der blonden Frau im Sand des Reitplatzes. Direkt daneben ein eleganter Dressursattel mit offenem Gurt.

„Der Sattelgurt muss gerissen sein", vermutete einer der Sanitäter und nieste. „Pferdeallergie", erklärte er. Und: „Genickbruch."

„Macht ja nix", erwiderte Dana automatisch und nahm ihm das Pferd ab, das er eingefangen hatte. „Und Sie jetzt so?"

Der Sanitäter schnäuzte sich geräuschvoll in sein Taschentuch. Dana wartete geduldig. Hinter ihr ertönte ein Räuspern. Sie drehte sich um.

„Wir übergeben an die Polizei, die praktischerweise schon da ist", erklärte ein gutgelaunter Polizist, mit dem Dana auch privat verbandelt war. Guntram Fritz, seines Zeichens Kriminaloberkommissar, war gerade angekommen und aus dem Streifenwagen gestiegen. Er begrüßte Dana und nahm ihr das große braune Pferd ab, um es an seinen Mitarbeiter Siggi Wollmeier weiterzureichen. Verbunden mit der launigen Aufforderung, Beweisstück A mal kurz zu sichern. Wollmeier guckte giftig. Beweisstück A bleckte sein gelbes Gebiss und trat ihm zielsicher auf den Fuß.

Guntram trat neben Dana und betrachtete die Leiche.

„Sie war immer so nett", wiederholte Dana.

„Das hilft ihr aber jetzt auch nicht mehr weiter. Ist sie eigentlich immer ohne Kappe geritten?"

„Ja, weil sonst die Frisur leidet."

Beide betrachteten die kunstvolle Flechtfrisur der Toten.

„Die Kappe hätte aber auch keinen Unterschied gemacht, oder?", fragte Dana.

Guntram schüttelte den Kopf. „Wenn einem jemand den Sattelgurt durchschneidet, nicht. Noch dazu ist ... war sie eine zierliche Person und das Pferd – es ist Romeo, nicht? – ein ziemlicher Riese."

„Bei einem Sturz sind die ersten zwei Meter die schlimmsten", erklärte der Sanitäter. „Weil man sich da einmal gedreht hat. Sie muss annähernd senkrecht mit dem Genick aufgekommen sein und sich selbiges gebrochen haben." Jetzt, wo kein Pferd mehr in der Nähe war, konnte er wieder in ganzen Sätzen sprechen.

1

Ausritt mit angesägtem Hochsitz – Bodenarbeit ist wichtig – Familie Reich und Schön wohnt gleich nebenan – Dackel Dieter auch

Dabei war noch vor einer Woche alles auf dem Petershof seinen mehr oder weniger unschuldigen Gang gegangen.

„Schon wieder ein angesägter Hochsitz! Faxe, hör sofort auf zu fressen, das ist uncool." Mit sowas kenne ich mich nämlich aus. Gestatten: Pfridolin Pferd, Fast-Hengst, Meisterdetektiv und ansonsten Freizeitpferd mit Betonung auf Freizeit.

„Zuhause krieg ich ja nichts", behauptete mein haariger Freund und rupfte ungerührt die letzten Grashalme.

„Wieso interessiert mich das, würdest du sicher fragen, wenn du dir nicht gerade das letzte Herbstgras in den Bauch hauen würdest."

„Den ausgehungerten Bauch", korrigierte Faxe. „Schließlich bin ich auf Dauerdiät, da muss ich gegensteuern. Und der Mann hat es noch nicht gemerkt, weil er mit Dana rumschäkert."

Faxe hatte recht: Unsere Reiter waren mehr an sich als an ihren Pferden interessiert. Selbst schuld. Versuchsweise rupfte ich ein Hälmchen, das Faxe stehen gelassen hatte. Bäh, eklig. Merke: Wenn ein Tinker Nahrung verweigert, hat er seine Gründe.

Wir waren auf einem Ausritt und nun schon am zweiten Hochsitz vorbeigekommen, bei dem ein Stützpfeiler angesägt worden war. Und ich wette, außer mir war das keinem aufgefallen. Menschen kriegen ja eh nix mit, von daher waren unsere Reiter sowieso raus. Und mein Kumpel Faxe, der Tinker, war aufgrund rassespezifischer Gegebenheiten ebenfalls nicht in der Lage, seine Umgebung wahrzunehmen. Zumindest die nicht essbaren Teile davon.

„Ist das mit Dana und Guntram nicht toll?", fragte er. „Wir können machen, was wir wollen, und die beiden haben nur Herzchen in der Pupille. Oh guck mal, ein Haselnussstrauch." Rupf.

Für mich heißen die beiden „der Mann" und „die Frau". Erstens war die Frau immer schon die Frau, und wo uns jetzt der Mann zugelaufen ist, sehe ich es nicht ein, vom bewährten Schema abzuweichen. Schließlich sind wir Pferde Gewohnheitstiere.

Von Ferne hörte man das Rattern eines Traktors. Die Frau erbleichte und fasste die Zügel nach - für den Fall, dass das landwirtschaftliche

Ungetüm in unsere Richtung fuhr. Mit großen Fahrzeugen haben wir es nämlich beide nicht so. Ich, weil ich weiß, dass die gefährlich sind, und die Frau, weil sie weiß, dass ICH weiß, dass die gefährlich sind. Allerdings weigert sie sich hartnäckig, sich von mir retten zu lassen, was ich auf ihre Sturheit und mangelnde Lebenserfahrung zurückführe.

Das Rattern wurde leiser und meine Reiterin entspannte sich wieder.

Währenddessen machte sich Faxe weiter über die essbaren Teile der Natur her. Ich sah mich um. Es war ein schöner Herbsttag. Der Himmel war knallblau und das Laub der Blätter bunt gefärbt. Das war wohl auch der Frau aufgefallen, die manchmal einen überraschenden Sinn für Ästhetik an den Tag legt. Seit der Mann für sie das Ausmisten und Abäppeln übernommen hat, ist sie oft erstaunlich gut gelaunt und legt wundersame Talente an den Tag.

Also nicht etwa, dass sie mit einem Mal reiten kann, Gott bewahre – davon ist sie immer noch meilenweit entfernt. Aber sie fühlt sich nach eigener Aussage künstlerisch. Und nun hatte ihr künstlerisches Auge anscheinend etwas erspäht, dass sie mit Hilfe ihrer Handykamera für die Ewigkeit bewahren wollte. Faxe vermeldete unterdessen seinen aktuellen Speiseplan: „Brombeerblätter! Lecker!"

Während sie ihr Telefon hervorkramte, fiel ihr – natürlich – die Gerte runter.

„Guntram, würdest du bitte…?"

Natürlich würde Guntram. So, wie er es heute schon fünfmal gemacht hatte. Zweimal, um unsere pferdigen Hinterlassenschaften an den Straßenrand zu schieben, und dreimal, um meiner verpeilten Besitzerin die Gerte aufzuheben. Sie nennt den doofen Stock „Meinungsverstärker" und findet das sagenhaft komisch, steht aber mit dieser Meinung ziemlich allein da.

Schlauerweise war ihr die Gerte in das Brombeerdickicht gefallen, an dem sich Faxe gerade gütlich tat. Tapfer kraxelte der Mann hinein. Klar, für ihn ging es jetzt um alles. Nichts vermasselt der Frau so sehr die Laune, wie unnötig absitzen zu müssen.

„Schließlich bin ich Reiterin und keine Fußgängerin", betont sie immer.

Ah, da! Vorsichtig hob er das rosaglitzernde Stöckchen auf und überreichte es seiner Angebeteten, ohne dass es ihn zerriss. Respekt. Ich weiß ja nicht, wie das bei euch so ist, aber ich krieg von Rosa Augenkrebs. Oder zumindest Ausschlag.

„Hast du dich sehr zerkratzt?", heuchelte Dana Anteilnahme.

„Ach nein", log er tapfer.

Im Zweifel hatte sie sowieso nicht zugehört, weil sie gerade künstlerische Fotos machte, auf denen man hinterher nichts erkennt.

„Ach guck mal", sagte der Mann da erstaunt. „Was ist denn das?"

„Was?"

„Ich weiß noch nicht so genau, was ich davon halten soll", sagte er mit gedehnter Stimme.

Das weckte die Neugier meiner sogenannten Besitzerin. Immerhin ist der Mann Polizist, wird also von ihren Steuergeldern bezahlt. Und da muss sie ihm noch seinen Job erklären? Na warte!

Unelegant landete sie neben ihm. „Was denn nun?"

„Guck mal. Der Hochsitz ist angesägt worden!"

Endlich merkt es noch jemand außer mir. Das Leben als Meisterdetektiv und unverstandenes Genie ist wirklich hart.

„Ja und?" Und dafür war sie nun abgesessen und musste sich also auch wieder beschwerlich in den Sattel hieven. Sie verdrehte die Augen.

„Ist sowas schon öfter vorgekommen? Wer ist denn hier eigentlich der Jagdpächter?"

„Keine Ahnung", schmollte die Frau, die etwas Sensationelleres als ein angesägtes Stück Holz erwartet hatte. „Jäger sind eh doof, die erschießen Rehe. Und wenn sie genug getankt haben, sich auch gegenseitig. Außerdem sieht dieser ganze Hochsitz komplett abgewrackt aus. Vielleicht soll der abgebaut werden und der Jäger hatte das falsche Werkzeug dabei."

Mit dieser Erklärung gab sich der Mann zufrieden, der mittlerweile festgestellt hatte, dass Faxe dabei war, seinen Nahrungsbedarf im Wald zu decken, und ihn mühsam davon abzuhalten versuchte. Locker schwang er sich wieder in den Sattel.

Die Frau beäugte ihn neidisch. Ist halt praktisch, wenn das Pferd zur Körpergröße des Reiters (oder der Reiterin) passt und wenn der Reiter (oder die Reiterin) halbwegs gelenkig und in einem Schwung oben ist. Blöderweise trifft das auf den Mann zu, die Frau aber nicht. Und jetzt? Eine Bank oder eine sonstige Bodenerhöhung suchen, von der aus frau sich in den Sattel hieven kann. Während wir den Reitweg entlangwanderten, vertrieb sie sich die Zeit damit, dem Mann zu erzählen, wie ungesund und schlecht dieses Vom-Boden-Aufsitzen für so einen Pferderücken ist. Der lauschte gebannt. Schließlich reitet er noch nicht lange und hat das, wenn er ganz ehrlich ist, auch nur wegen der Frau angefangen. Also Tiere und Natur mag er schon, klar, aber der reiterliche Ehrgeiz ist bei weitem nicht so ausgeprägt wie bei der Frau, die wahlweise Dressurqueen sein will oder – ganz bescheiden – so reiten will wie „die in der Wiener Hofreitschule". Oder Ingrid Klimke.

Nein, so irreale Vorstellungen hat Guntram Fritz alias „der Mann" nicht. Kann er ja eigentlich auch nicht, als Polizeioberkommissar. Auf den „Oberkommissar" ist er sehr stolz, denn früher, als er noch Polizeiobermeister war, hat er doch ein bisschen unter seinem Namen gelitten. POM Fritz, wie hört sich das denn an. Aber gerade ist er nicht im Dienst, sondern mit der Frau seiner Träume im Wald unterwegs. Die ihm leider keine romantischen Vorschläge macht, sondern Pferdeanatomie zitiert. „… und dabei wird der Sattel einmal quer über die Wirbelsäule des Pferdes gezogen. Mit dem gesamten Gewicht des Reiters. Was bestimmt weh tut. Hörst du mir überhaupt zu?"

„Klar", behauptete Guntram. „Guck mal, da vorn liegt ein abgesägter Baumstamm."

Behende wie ein Kartoffelsack hüpfte die Frau auf den Baumstamm und peilte von dort aus meinen Rücken an.

Woraufhin ich einen eleganten Sidestep machte und sie eine Grätsche, bei der sie laut zeternd zu Boden plumpste. Ich sah auf sie herab. Bodenarbeit ist auch wichtig, die darf man nicht vernachlässigen. Ich war sehr zufrieden mit diesem kleinen Wortspiel und stupste sie lieb mit der Nase an. Ich kann nämlich ausgesprochen niedlich gucken.

Aber ach, vergeudete Liebesmüh. Sie funkelte mich böse an und drohte mit Leckerli-Entzug, „falls du dich nicht endlich zusammenreißt, du flauschiger Scherzkeks".

Was man sich als Freizeitpferd so alles bieten lassen muss! Ich tat so, als hätte ich nichts gehört, stand aber trotzdem mustergültig da, so dass sie beim nächsten Versuch ordnungsgemäß auf meinem Rücken landete. Merke: Beiße nicht die Hand, die den Futtereimer hält, wenn du weiterhin fünf Zwischenmahlzeiten pro Tag bekommen willst.

Trotzdem fand ich den Spruch mit der Bodenarbeit lustig, auch wenn außer mir keiner darüber gelacht hat.

„Bodenarbeit. Haha", sagte ich und stupste Faxe an.

„Buchenblätter", teilte er mir den aktuellen Stand seines Speiseplans mit. Manchmal fühle ich mich so verdammt unverstanden.

Der weitere Ausritt verlief ereignislos. Am Stall angekommen, wurden wir schon von Frau Reitlehrerin begrüßt. Frau Reitlehrerin heißt eigentlich Kiki, aber ich nenne sie Frau Reitlehrerin, damit gleich klar ist, dass sie diejenige ist, die Ahnung hat. Die Frau nennt sie auch so, aber mit einem komischen Unterton. Ich glaube, sie ist neidisch.

„Und? Wie war dein erster Ausritt mit Faxe?", erkundigte sich Kiki bei Guntram. „Wie man sieht, haben Dana und Pfridolin gut auf dich aufgepasst!"

Worauf die Frau vor Stolz fast geplatzt und von mir runtergefallen wäre.

„Aber der Pfridolin war wieder frech, da hatte ich alle Hände voll zu tun", setzte sie nach, damit auch ja jeder mitkriegt, was für ein Ausreitcrack sie ist. Böse Zungen behaupten ja, sie wäre nicht ganz so mutig, wie sie immer tut.

„Danach wollte ich dich gerade fragen. Du hast da Tannennadeln auf der Jacke. Bist du etwa runtergefallen?"

Pause. Die Frau guckte säuerlich.

Frau Reitlehrerin sieht einfach alles. Ist sie nicht toll?

Die Frau suchte immer noch nach einer Antwort, die nicht zu weiteren peinlichen Nachfragen führen konnte. Leider fiel ihr auf die Schnelle nichts ein. „Ich musste absitzen, weil mir Guntram etwas an einem Hochsitz zeigen wollte. Und beim Aufsitzen ist der Pfridolin dann nicht an dem abgesägten Baumstamm stehengeblieben, so dass ich danebengesprungen bin."

„Auf dynamische Art und Weise", ergänzte der Mann.

„Ja genau", fand auch die Frau und bekam langsam Herzchen in den Pupillen. Die hatte der Mann übrigens schon seit Stunden.

„Ja, Bodenarbeit ist wichtig", erwiderte Frau Reitlehrerin mit einem feinen Lächeln.

„Birkenzweige! Die sind gesund!", sagte Faxe, bevor Frau Reitlehrerin ihm selbige aus dem Maul ziehen und sich nach seiner Erziehung erkundigen konnte.

„Damit hab ich nichts zu tun", erklärte sich Guntram für unschuldig. „Ich bin seit genau einer Woche seine Reitbeteiligung. Seit Melanie so viele Überstunden machen muss, weil ihre Bücherei umorganisiert wird. Für Erziehung bin ich nicht zuständig! Aber mal was ganz anderes: Wir haben unterwegs einen angesägten Hochsitz gesehen. Gibt es hier militante Jagdgegner? Oder besonders aktive Tierschützer?"

Kiki kam jedoch nicht dazu, die Frage zu beantworten, weil sich in diesem Moment eine überirdisch schöne, silbrig-blonde Erscheinung näherte und sie zur Begrüßung auf beide Wangen küsste. „Na, wie geht es meiner Püppi?", säuselte sie.

Gemeint war aber nicht Kiki, sondern das Pferd der blonden Elfe. Die Elfe selbst hieß Sara Silberblad, war steinreich und residierte seit Kurzem auf einem Anwesen nahe des Petershofs. Wenn Sara gerade nicht shoppen war oder sich die langen Haare kunstvoll stylen ließ, ritt sie beziehungsweise ließ reiten. Kiki nämlich. Auf ihrer zuckersüßen, hochbegabten Stute, die sie Kiki vor geraumer Zeit zur Ausbildung anvertraut hatte.

An dieser Stelle muss ich kurz etwas erklären. Wer mich kennt, weiß, dass ich ein Fast-Hengst mit einem Frisurenproblem und daraus resultierendem Freundinnenmangel bin. Nun haben sich aber gewisse romantische Umstände ergeben, die dazu führten, dass ich momentan gleich zwei Freundinnen habe – die voluminöse Else mit dem schnellen Hinterbein und eben die zarte, elegante Stuti, deren Besitzerin uns nun störte. Stuti heißt eigentlich Hohenstein's Shiny Diamond und wird von ihrer Besitzerin Püppi genannt. Ich und alle anderen bevorzugen die etwas direktere Anrede Stuti. Ich glaube, deshalb liebt mich Stuti auch so sehr. Wegen des männlich-kernigen. Hehe.

Und nun lungerte besagte Sara ständig bei uns rum, um sich um ihr (und mein) Schätzchen zu kümmern. Außer Stuti gehörte ihr noch ein gewisser Romeo, der nach Ärger aussah. Groß, sportlich, gutaussehend – DIE Sorte Pferd.

Ich ließ meinen Blick in die Runde schweifen. Neben der schönen Sara stand der schöne Constantin, Saras Mann, ein Unternehmensberater im edlen Zwirn. Er hatte es offenbar kaum erwarten können, seine Frau zu begrüßen, denn sein BMW stand mit offener Fahrertür da, so dass die Ledersitze prächtig zur Geltung kamen. Und auch Felix war da. Melanies Freund. Groß, sportlich, gutaussehend – DIE Sorte Mensch. Zu seinem Glück hatte sich herausgestellt, dass er Persönlichkeit und einige brauchbare Charakterzüge hat. Ich schubste Faxe an, der seine Nase kurz vom Boden hob.

„Der Freund deiner Chefin ist da", zischelte ich ihm zu. Natürlich wollte auch Felix wissen, wie Faxes und Guntrams erster gemeinsamer Ausritt verlaufen war.

„Gut natürlich. Faxe und ich sind ein gutes Team", grinste Guntram. Er ist immer so unfassbar entspannt – wie macht er das nur? Ich bin mir ziemlich sicher, dass ihn die Frau unendlich darum beneidet. Wenn sie sich unbeobachtet fühlt, isst sie Entspannungskräuter. Wirklich wahr.

„Ihr passt echt gut zusammen." Er machte eine Kunstpause, in der die Frau ihren romantischen Blick aufsetzte. „Faxe und du."

„Blödmann", zischte die Frau. „Pass nur auf, dass ich dir nicht eines Tages den Hals umdrehe!"

„Danas Sinn für Humor lässt sich entschuldigen. Sie hatte heute einen harten Tag", erklärte Guntram. „Vor allem in der letzten halben Stunde."

Dana streckte ihm die Zunge heraus. Wir gingen langsam Richtung Stallgasse. Felix kam mit.

„Nicht so hart wie Melanie, die macht schon wieder Überstunden. Sie ist in einer Projektsitzung wegen dieser beknackten Re-Organisation. Du weißt schon, ihre Bücherei soll umorganisiert oder vielleicht sogar komplett geschlossen werden."

Guntram drehte sich zu ihm um. „Ich weiß. Constantins Unternehmensberatung kümmert sich darum. Wegen ihm drehen im Moment alle am Rad. Aber gut für mich – so komme ich öfter zum Reiten."

Vom Springplatz drang das laute Jubeln mehrerer Männerstimmen, durch das man die sonoren Kommandos von Sven, Kikis Bruder, hören konnte. Anscheinend war gerade Springstunde.

„Reiten ist sowieso ein Männersport", grinste Felix. Von Haus aus war er Westernreiter, aber wie viele Westernreiter hatte auch in andere Reitweisen hineingeschnuppert. „Weiß gar nicht, wie die Frauen darauf gekommen sind, dass Reiten ein Frauensport ist und Pferde pinke Schabracken brauchen!"

„Weil's schön ist, deshalb!" teilte die Frau mit. „Können wir uns jetzt um die Pferde kümmern? Ihr könnt eure Männerfreundschaft sicherlich auch noch später pflegen."

Da hatte sie ausnahmsweise mal recht. Erst das Pferd und dann der Reiter, das hatte Kiki ihren Reitschülern so eingebläut. Und zu was? Zu Recht natürlich. Und kann mir bitte fix jemand die pinke Schabracke abmachen? Ich krieg sonst Ausschlag.

Wenig später inhalierte ich mein mageres Abendessen. Gefühlte drei Körner Hafer. Und das nennen sie Kraftfutter. Ha! Wenn ich nicht so ein ausgesprochen liebenswertes und bescheidenes Naturell hätte, würde ich mich jetzt ärgern. Oder futterneidisch werden. Zum Beispiel auf Faxe, aus dessen Box nebenan gleichmäßige Kaugeräusche drangen. Wie macht der das nur, dass der überall was zu essen findet?

„Tinker halt", lästerte Else, meine Boxennachbarin zur Linken. „Ein anderes Wort für Müllschlucker".

„Ich bevorzuge den Ausdruck Selbstversorger", lächelte Faxe, dessen Gemütsruhe offenbar unerschütterlich ist.

„Dicker Selbstversorger", berichtigte Else. „Aber die Herren hier neigen ja generell zur Fettleibigkeit." Sie zwinkerte mir zu. Auf eine Art, die ich nur „plump vertraulich" nennen kann.

„Frechheit. Was soll das denn heißen? Else, wer im Glashaus sitzt und so... du weißt schon, was ich meine!"

„Du bist so süß, wenn du dich ärgerst, mein kleines Dickerchen!"

„Selber Dickerchen!" Ich streckte ihr die Zunge raus. Leider bekam sie das nicht mit, weil sie gerade mit Stuti, die gegenüber wohnt, die körperlichen Vorzüge des abscheulichen Romeo diskutierte.

„Und jünger als Konrad ist er auch", fiel ihr gerade ein. Konrad ist das andere verabscheuungswürdige Individuum in unserem Stall. Eine muskelbepackte Hohlfritte, die ständig auf Turnieren startet und hässliche Schleifen und Pokale sammelt. „Aber die Mähne!"

„Ganz schön kurz, gell? So eine Sportpferdemähne wird ja auch ständig eingeflochten, das sieht albern aus", meldete ich mich zu Wort.

Beide Stuten starrten mich und meine zipfelige Mähne wortlos an. Zu meiner Rechtfertigung muss ich sagen, dass meine Besitzerin, die ansonsten dauernd mit der Schere über mein sogenanntes Langhaar herfällt, ihre Scherenhände schon seit Wochen im Zaum gehalten hatte, so dass die schlimmsten Zacken schon gut herausgewachsen waren. Ich fand mich also extrem männlich und verwegen.

„Sicher ist dein Fünf-Stufen-Schnitt viel ---- ähm --- interessanter als so eine akkurat geschnittene Mähne." Das war schon wieder Else. Zum Dank warf ich ihr einen besonders männlichen und verwegenen Blick zu. Stuti und

Else brachen in albernes Gelächter aus. *Süß, die beiden können ihre Leidenschaft für mich nicht beherrschen!*

„Aber Companeros Wallemähne toppt doch wohl alles", teilte Else Stuti in vertraulichem Ton mit. Und seine wannenförmige Plautze auch, denke ich. Companero ist eines von diesen barocken Mähnenwundern, die anscheinend immer beliebter werden. „Er ist ja überhaupt sehr schick."

Bevor Stuti sich jetzt rhetorisch auch noch aus dem Fenster hängen konnte, erschien ihre Besitzerin mit „Ich-bin-hier-die-Schönste"-Blick und Reitzubehör. Ihr Mann hatte inzwischen den dunkelgrauen BMW mit der modischen Mattlackierung neben den klapprigen Schrottlauben der anderen Pferdebesitzer geparkt. Die Seitentüren zierte ein überaus geschmackvolles silbernes Blatt mit dem dezenten Schriftzug Silberblad Consulting. Das ganze Auto stank nach professionellem gutem Geschmack und ein wenig nach Abgasen.

Nun folgte er seiner Gemahlin und schleppte einen überdimensionalen, aber ungemein stylishen Putzkoffer, während die beiden verliebt miteinander turtelten. Bis sich Sara bei ihrem Mann dafür entschuldigte, dass sie sich jetzt erst einmal um ihre talentierte Trakehnerstute kümmern müsse. Gemeint war Stuti, die von Haus

aus ein hochkarätiger Dressurnachwuchs ist, aber auch springen kann.

Constantin trug es mit Fassung und „seiner Königin", wie er Sara immer nannte, den Sattel hinterher.

„Danke, mein Prinzgemahl", lächelte die.

Else spitzte die großen Ohren. Ich konnte förmlich sehen, wie es in ihr arbeitete und wie sie über unsere On-Off-Beziehung nachdachte, die im Moment mehr Off als On war. „Königin ist eigentlich eine angemessene Anrede für eine Dame wie mich", äußerte sie.

„Ich bleib lieber bei Else", antwortete ich und brachte mich schnell vor ihren gelben Zähnen in Sicherheit. Von wegen Dame.

Bei Sara und Stuti war es in der Zwischenzeit adrett und elegant weitergegangen, denn natürlich bedeckte Sara Silberblad ihre exklusiven Reitklamotten vor dem schnöden Putzen und Satteln mit einem schicken Überzieher, sprich einem maßgefertigtem Kittelchen mit zirka fünftausend Taschen für Putzzeug. Stuti wurde wie ein vom Diebstahl bedrohtes Fahrrad festgebunden und in etwa genauso liebevoll behandelt. War ihr aber egal. Sie hatte nur Augen für ihr neues Glitzerstirnband.

„Mit echten Swarowski-Kristallen!", hauchte Else.

„Für mich sieht das aus wie Strass", bemerkte ich, aber sie hörte gar nicht zu.

„Schönen Gruß an Romeo!", rief sie Stuti nach, als sie und Sara die Stallgasse in Richtung Reithalle verließen, und pfiff sich ihr Futter rein, als gäbe es kein Morgen.

„Romeo mag bestimmt keine dicken Mädchen", lästerte ich.

„Das sind angenehm weibliche Formen", beschied mich Else und mampfte weiter.

Super. Ich bin mal wieder das ärmste Schwein von allen. Unterernährt und unglücklich.

***

Als Dana nach Hause kam, guckte sie routinemäßig bei ihrer Nachbarin durchs Wohnzimmerfenster. Frau Schmidtke und ihr Dieter saßen auf dem Sofa und sahen fern.

Frau Schmidtke war nicht mehr die Jüngste, wusste aber alles und kannte jeden. Vor kurzem hatte sie die Liebe gefunden, in Form des Dackelwelpen Dieter nämlich. Dieter seinerseits hatte sein Glück kaum fassen können, hatte er doch während seiner vorherigen Unterbringung in einer Pflegestelle immer mit zum Petershof gemusst, wo ihm Faxe aktiv nach dem Leben getrachtet hatte.

Was Dieter noch nicht wusste, war, dass Frau Schmidtkes kleine Enkelin Josefine ein großer Fan von Faxe war, so dass ein neuerliches Zusammentreffen unausweichlich war. Von diesem kleinen Wermutstropfen abgesehen war Dieters Leben ein Fest: das Essen war gut, das Sofa bequem und auch das Bett hatte er schon erobert.

Dieters Anblick erinnerte Dana an den angesägten Hochsitz. Schließlich waren auch Dackel Jagdhunde. Sie überlegte kurz, ob sie Frau Schmidtke davon erzählen sollte, war dann aber doch zu müde. Schließlich musste sie am nächsten Morgen früh raus, weil im Büro viel Arbeit auf sie wartete.

2

Eine Autobahn durch Meisenwald – Drohbriefe und ein toter Hase – The Day After – Die Stehmähne

Dana tippte lustlos auf ihrem PC herum, als das Telefon klingelte. Es war Guntram. Anscheinend hatte man einen toten Hasen und einen Drohbrief gefunden. „Ich fahr da mal hin und schau es mir an. Ich dachte, es würde dich vielleicht auch interessieren."

Dana verneinte. „Mir sind lebende Hasen lieber als tote." Sie legte auf. Ein Drohbrief. Wegen eines Hasen? Verrückt.

Sie schüttelte den Kopf und kniete sich wieder in ihr derzeitiges Projekt: Eine Sammlung von Ausreden für ihren Chef zu erfinden, die verbergen sollten, dass er sich nicht mit den immer wieder hochkochenden Plänen für einen Autobahnbau quer durch Meisenwald beschäftigt hatte. Er selbst nannte das „Kommunikationsstrategie". Der Autobahnbau an sich war bereits vor mehr als zwanzig Jahren beschlossen worden, durch allerlei

Unwägbarkeiten allerdings nicht zur Umsetzung gelangt.

Das sollte sich nun ändern: Die Aufsichtsbehörde hatte angekündigt, der Baubeginn stünde unmittelbar bevor. Bisher hatten weder Anwohner noch Presse daran geglaubt, dass irgendwann einmal eine völlig unnütze Autobahn mitten durch ihr behagliches Örtchen führen würde, aber nun wurde es auf einmal ernst und Klaus-Dieter Hartmann würde sich in eine Pressekonferenz begeben müssen, die sich gewaschen hatte.

Bürgermeister Meerbohm glaubte nämlich daran, Fachleute zu Wort kommen zu lassen und drängte sich selbst nicht in den Vordergrund. Stattdessen ließ er seine „hochbezahlten Experten", mit denen er anscheinend auch Danas Chef meinte, ans Mikrofon. Folglich schwitzte Hartmann seit Tagen Blut und Wasser und hatte Dana beauftragt, ihm „was Nettes aufzuschreiben, damit die mich leben lassen".

Die Bürotür öffnete sich. Hartmann steckte neugierig den Kopf hindurch.

„Und? Wie kommen Sie voran?", wollte er wissen.

„Hervorragend", log Dana.

***

Der arme Hase. Da baumelte er nun am Kreuz. Jemand hatte ein Kruzifix aus Latten errichtet und daran einen toten Feldhasen befestigt. Wenigstens war er waidgerecht erlegt worden, wie Bertram Schlammer –"nenn mich Schlammi"- mit einem kurzen Blick festgestellt hatte.

„Und du hast keinen gesehen, der hier nicht hingehört?" Guntram und Schlammi waren sich sofort sympathisch gewesen und direkt per Du.

„Wenn ich es dir doch sage, hier war keiner. Sonst hätte doch die Bessie angeschlagen." Bessie, ein schwarzweißer Jagdhund, schüttelte den Kopf, dass die langen Ohren flogen, und umkreiste Guntram schwanzwedelnd.

Guntram sah zweifelnd auf sie herab. „Bist du dir da sicher?"

„Klar, die Bessie ist die reinste Alarmanlage. Sie mag dich halt gern, das ist alles."

Guntram trat näher zu dem Lattenkreuz. Unter dem Hasen war ein Zettel befestigt. „Du bist der Nächste", las er.

„Ich musste ja erst ins Haus, meine Brille suchen. Wenigstens war der Hase sofort tot. Derjenige, der ihn geschossen hat, hat das nicht zum ersten Mal gemacht!", erklärte Schlammi.

„Bist du Jäger oder wieso kennst du dich damit aus?"

„Ich bin von hier", er zeigte auf den Bach, den Guntram als die Meise erkannte, das

Gewässer, dem Meisenwald seinen Namen verdankte, „bis da drüben" – er wies auf eine weit entfernte Hügelkette – „Jagdpächter."

Guntram sah sich um. Weit und breit keine Menschenseele. Nur großartige, atemberaubende Natur. Aus dem Kamin der alten Wassermühle, in der Schlammi mit seiner Familie lebte, stieg ein dünner Rauchfaden in den leuchtend blauen Himmel auf. Vor dem Blau leuchteten die Bäume in allen Farben des Herbstes. Sonnenstrahlen glitzerten auf der Meise, die sich malerisch quer durch eine Wiese schlängelte. Ein Holzbrückchen führte hinüber. Der sich anschließende weite Talkessel wurde von herbstbunten Wäldern begrenzt und in der Ferne ästen Rehe. Ein perfektes Idyll.

„Die Eva sagt immer, ich soll mit der Jagd aufhören, weil ihr die Tiere leidtun", erzählte Schlammi weiter, „aber ich schieße sowieso nur die Kranken oder Verletzten. Bei den Wildschweinen muss ich mehr tun, davon gibt es zu viele und die fressen sich gegenseitig auf. Mein Fehler. Da hätte ich früher gegensteuern müssen."

„Aber deshalb gleich eine Morddrohung?"

Guntram betrachtete ihn zweifelnd.

„Es ist ja nicht die erste", gab Schlammi zu. „Ich hab vorher keine Anzeige gemacht, weil ich die Zettel verklüngelt habe. Da kamen nämlich zwei direkt hintereinander. Das heißt, ich hab sie nicht sofort verkramt – erst hab ich sie neben meine Brille gelegt. Und dann zum Hundefutter, weil ich noch einkaufen musste. Und dann in die Jackentasche. Und später waren beide weg."

„Und da hast du erstmal abgewartet."

„Ja. Und gelauert, ob ich denjenigen vielleicht selbst erwische."

„Aber doch nicht mit der Schrotflinte, oder?", scherzte Guntram.

Schlammi trat peinlich berührt von einem Bein aufs andere. „Doch", gab er zu. „Weil die Eva sich so aufgeregt hat. Geweint hat sie. Und dann hat noch irgendjemand meine Hochsitze angesägt. Wenn ich die regelmäßig benutzen würde, hätte ich mir den Hals brechen können! Ist also schon ganz gut, dass ich gar nicht so gern auf Tiere schieße. Aber wenn ich denjenigen erwischt hätte, dem hätte ich schon gern einen Mordsschrecken eingejagt. Aber irgendwie hab ich die Schrotflinte auch verbaselt, die ist jedenfalls seitdem weg." Guntram speicherte diese Information für später.

„Also die Schrotflinte ist weg. Und die beiden Drohbriefe auch", fasste Guntram zusammen.

„Ja", bestätigte Schlammi zerknirscht.

Guntram räusperte sich. „Das sind jetzt aber nicht so ideale Ausgangsbedingungen. Was waren das denn für Briefe? Ich meine, was stand drin?"

„Ein Rezept für Wildschweingulasch, nur dass das Wort *Wildschwein* jedes Mal ausgestrichen und durch *Schlammischwein* ersetzt worden ist. Und das andere Rezept war für Hirschgulasch. Mit genau den gleichen Änderungen."

„Ist ja eklig. Du hast mein volles Mitgefühl. Waren die Rezepte aus einem Buch ausgerissen oder ausgedruckt?"

„Weiß ich gar nicht mehr. Vielleicht kann sich die Eva besser erinnern. Komm, wir gehen ins Haus und fragen sie."

Gesagt, getan. Sie nahmen aber nicht den Vordereingang, vor dem Guntrams Zivilwagen parkte, sondern gingen hintenherum.

„Vorn geht die Tür nicht so gut auf", sagte Schlammi entschuldigend.

Guntram bewunderte die schöne Lage der alten Mühle. „Hätte gar nicht gedacht, dass es hier noch so viel Natur und Wald gibt. Wo doch Köln und Düsseldorf nicht weit sind."

„Und trotzdem leben wir mitten in der Knüste und haben unsere Ruhe. Meistens jedenfalls", sagte Schlammi zufrieden und lud Guntram ein, ihm durch die Hintertür ins Haus zu folgen. „Aber Vorsicht, es ist ein bisschen unaufgeräumt!"

Und das ist noch untertrieben, dachte Guntram, als er sich einen Weg durch den halbdunklen, mit allerlei Gerümpel vollgestellten

Hausflur bahnte. Zwei Jungen standen im nächsten Raum, der riesigen Küche, die den Mittelpunkt der alten Wassermühle bildete. Auch hier stand allerlei herum. Guntram identifizierte ein Spinnrad, mehrere Kaffeemühlen, Schränkchen und Konsolen, die achtlos auf einem Haufen gestapelt waren.

„Timmy und Tommy", stellte Schlammi seine Söhne vor.

„Thomas. Mein Name ist Thomas", antwortete der eine mit vorwurfsvoller Miene.

„Und Eva", als seine zierliche Frau aus einem der anderen Räume kam.

„Schlimme Sache, das", sagte Guntram beim Händeschütteln. Sie staunte. „Wir sagen immer Guten Tag".

„Ich sonst auch. Sorry. Der tote Hase hat mir wohl mehr zugesetzt als ich dachte."

„Ach, sind Sie auch einer von denen?" Sie legte den Kopf schief. „Von diesen Weganern?"

„Ich bin Polizeibeamter, wenn Sie das meinen."

„Kein Wachsamer Weganer? Dann ist es ja gut." Sie drehte sich um und ging.

Guntram sah sich fragend zu Schlammi um, der Bessie unterdessen einen Hundekuchen aus seiner Hosentasche verabreicht hatte. Nun betrachtete er staunend das Durcheinander, das dabei ebenfalls ans Tageslicht befördert worden war: einen Schlüsselbund, seine Brille, eine Gewehrpatrone und zwei zerknüllte Zettel. „Da sind sie ja! Und ich hätte schwören können, dass..."

Er schießt also nicht nur mit Schrot. Wieviele Gewehre der hier wohl ungesichert rumliegen hat?, dachte Guntram, nahm ihm die Papierknäuel aus der Hand und entfaltete das erste.

Es war ein Blatt Papier, das anscheinend aus einer Kochzeitschrift ausgerissen worden war. Jedes Mal, wenn in dem Rezept für „Wildschweingulasch, schnell und lecker" das Wort „Schwein" auftauchte, war mit Kugelschreiber „Schlammischwein" an den Rand geschrieben worden. Untendrunter stand in krakeligen Buchstaben „Tiermörder sind Schweine – pass bloß auf! WW"

Der zweite Zettel sah ähnlich aus, nur dass hier „Hirschgulasch – einfach edel" zubereitet wurde und der von Hand geschriebene Nachsatz lautete: „Zweite und letzte Warnung! WW"

„Hübsch hässlich." *Aber wenig aussagekräftig. Und ins Labor brauch ich das gar nicht geben, da sind Spuren von weißGottwas dran.* Er seufzte und steckte die Zettel als Beweismittel ein. „Wer sind denn diese Wachsamen Weganer, von denen deine Frau sprach?"

„Das weiß keiner so genau. Die machen anonyme Aktionen gegen Massentierhaltung. Im benachbarten Landkreis haben sie auch schon mal Tiere befreit." Das fand insgeheim Guntrams Zustimmung, auch wenn sein öffentlich-rechtliches Gewissen so etwas natürlich nicht gutheißen durfte.

„Die Eva hasst die wegen der Drohbriefe. Dabei könnte ja eigentlich jeder WW drunter geschrieben haben."

Guntram nickte, aber Schlammi war noch nicht fertig. „Massentierhaltung finde ich auch schlimm. Wir haben ja fast gar kein Vieh mehr. Nur noch ein paar Rinder, aber rechnen tut sich das nicht. Ist mehr 'n Hobby als alles andere. Sonst mach ich noch Ackerbau. "

Nachdenklich fuhr Guntram zurück ins Büro. Zuvor hatte er noch Bertram Schlammers Oldie-Trecker bewundert – einen Lanz Bulldog von 1957. „Damit fahr ich aber nur noch im Herbst. Im Sommer nehme ich lieber den neuen John Deere, der hat Klima. Aber bei dem alten gab's noch richtige Technik, nicht so Elektronik-Schnickschnack."

An einer Engstelle musste Guntram anhalten und einen entgegenkommenden Traktor durchlassen, dessen Fahrer ihm fröhlich zuwinkte. *Noch so ein Oldie. Dieses Treckerfahren scheint ja mächtig Spaß zu machen.*

***

The day after, wie man so schön sagt. Tja. Was soll ich sagen? Jetzt bin ich geliefert. Aber sowas von.
Die Frau hatte gestern Abend bis zum letzten Härchen an mir herumgeschnippelt und das Ergebnis war desaströs. Sie nannte es Frisur – ich fand den Begriff Mähnen-Massaker angemessener. Oder Frisuren-Fiasko. Oder einfach Körperverletzung. Aber nur, wenn ich mich traute, darüber zu reden, und das war nicht oft. Alle anderen lachten viel. Im Schnitt war die Stimmung in unserer Stallgasse sehr gut, und wenn man bedenkt, wie katastrophal es mir ging, kann man sich leicht ausrechnen, wie hoch der Gute-Laune-Pegel bei meinen wenig empathischen Stallgenossinnen und -genossen war.

Kurz gesagt, mein Leben war ruiniert. Vor allem mein Liebesleben, das ohnehin ständig auf der Kippe stand. Nix mehr feuriger Fast-Hengst. Stattdessen futzeliger Fjord-Verschnitt. Mit Betonung auf Verschnitt.

Wenigstens sah Stuti nicht viel davon, weil sie in letzter Zeit dauernd was mit Sara unternahm. Reitunterricht und so.

Sara hatte nämlich ehrgeizige Turnierambitionen und Stuti war von Kiki entsprechend vorbereitet worden. Jetzt ging es an den Feinschliff, wobei meine sogenannte Besitzerin oft spionieren ging und noch öfter behauptete, Stuti mache die ganze Arbeit allein und Sara müsste sich überhaupt nicht anstrengen. Dabei wurden dann anklagende Blicke in meine Richtung geworfen. Es fielen auch unsachliche Bemerkungen über meine Rittigkeit und mein Gangwerk.

Wer mich kennt, weiß, dass ich Freizeitpferd bin. Ich DARF gar keinen Sport treiben. Bei der Frau ist es anders, die sollte sich durchaus mehr bewegen. Dann wäre sie a) nicht mehr so hüftsteif und ich müsste b) auch nicht mehr so schwer tragen.

Stuti und Sara trieben also elegante dressurmäßige Dinge und die Frau wollte das auch. Also das Mühelose. Selbst was dafür tun nicht. Nur drauf sitzen und lächeln. Vielleicht auch mal huldvoll grüßen.

Wenn sie nicht gerade heimlich bei Saras Reitstunden zuschaute und aufgeregt an den Fingernägeln knabberte, war Dana grün vor Neid. Auf besagte Sara, die alles hatte. Eine gute Figur, einen schönen Sitz, den Dressurkracher Romeo, lange silberblonde Elfenhaare, einen reichen Mann, der noch dazu gut aussah und zu allem Überfluss Stuti, die von Kiki alias Frau Reitlehrerin mitgeritten wurde, so dass für Sara alles immer noch müheloser und einfacher wird. Und noch dazu war diese Sara ekelerregend nett! *Manchmal weiß das Schicksal einfach nicht, wann es genug ist. Noch nicht mal richtig hassen kann man die Schickse, weil die so lieb und hilfsbereit ist! Und außerdem intelligent und humorvoll undsoweiterundsofort.*

Manchmal murmelte Dana halbherzig: „Ich könnte ihr den Hals umdrehen...", hörte dann aber auf, weil die Inbrunst fehlte und ihr eigentlich lohnendere Ziele einfielen. Ihr Chef beispielsweise. Oder ihr unsagbar fauler Büromitbewohner. Sogar den Mann hasste sie ein bisschen, aber nur dann, wenn er besser ritt als sie. Und da sie ja die selbsternannte Dressurqueen des Petershofs war (hinter einer gewissen Sara), kam das eigentlich nicht so oft vor. Eigentlich. Denn bösartigerweise war Guntram erschreckend locker und angstfrei, was ihm das Reitenlernen sehr einfach machte. Sie seufzte noch einmal abgrundtief.

„Was ist los, mein Augenstern?", erkundigte sich besagter Guntram, der ihr am Esstisch gegenübersaß.

„Ich denke gerade über die Nachbarn nach", log sie.

„Frau Schmidtke?"

„Nein, Silberblads. Ist bestimmt schön, reich zu sein und sich alles kaufen zu können. Tolle Pferde und so."

„Aber du hast doch auch ein tolles Pferd!", erwiderte Guntram erstaunt.

„Und dann wohnen die auch noch so schön direkt neben dem Petershof", erklärte Dana verbittert. „Und erwähnte ich bereits, dass die stinkreich sind?"

„Ich war heute auch draußen beim Petershof, ermitteln. Und zwar beim übernächsten Nachbarn", erzählte Guntram.

„Bei wem denn? Da gibt's so viele Bauernhöfe."

„Bei einem gewissen Bertram Schlammer."

„Du warst bei den Schlammis auf ihrem Chaoshof?", rief Dana. „Kiki hat öfters davon erzählt, die haben wohl einen uralten Nachbarschaftsstreit. Es muss ganz unglaublich sein. Eins von den Kindern ist ein verkapptes Genie und überspringt mehrere Schulklassen. Keine Ahnung, von wem er das geerbt hat, die Eltern sind nämlich eher schlicht gestrickt. Sagt jedenfalls Kiki. Es ist mir auch ein Rätsel, wie es überhaupt irgendjemand in dem Durcheinander aushält. Hast du gesehen, was die im Flur rumstehen haben?"

„Sah nach Gerümpel aus. Alles, was nicht niet- und nagelfest ist. Die Schlammis machen aber alle einen glücklichen und sehr netten Eindruck", verteidigte Guntram seinen ersten Eindruck.

„Gerümpel?" Danas Stimme kiekste vor Aufregung. „Antiquitäten sind das! Die sitzen auf einem Haufen Geld und es interessiert sie nicht! Die Möbel und das sogenannte Gerümpel sind zum Teil mehrere Hundert Jahre alt und irre wertvoll. Das weiß ich von Frau Schmidtke, sie ist weitläufig mit Eva verwandt. Aber die Schlammis wollen sich von nichts trennen und sagen, sie brauchen das Geld nicht und hängen an ihren Sachen."

„Und warum auch nicht? Wenn es ihnen Freude macht."

„Ja schon", maulte Dana.

„Herbstdepression, mein Herzblatt? Aber momentan sind die Schlammis nicht so glücklich wie sonst, denn sie werden bedroht. Und Schlammi fehlt eines seiner Gewehre. Er ist Jäger, weißt du."

„Ach. Und ich seh den immer nur auf seinem Trecker rumfahren und winken. Außer wenn ich auf dem Pferd sitze, dann bin ich schneller als der Schall und drehe mich für gewöhnlich nicht um." Dana erinnerte sich an verschiedene Gelegenheiten, bei denen Pfridolin den Ort des Geschehens überstürzt verlassen hatte.

„Er fährt aber nicht nur Trecker…"

„… und winkt", ergänzte Dana.

„… sondern er jagt auch. Nicht gerade viel, aber immerhin. Und es waren seine Hochsitze, die angesägt wurden. Das ist nämlich nicht nur einmal passiert, sagt er. Hast du eigentlich schon mal was von den Wachsamen Weganern gehört?"

„Veganer sind die, die keine tierischen Produkte essen oder nutzen. Und wachsam ist ein anderes Wort für aufmerksam." Dana sah Guntram freundlich lächelnd an.

„Spaßvogel. Es scheint hier eine Gruppierung zu geben, die sich für Tierrechte einsetzt und diesen Namen trägt."

„Sagt mir gar nichts, aber ich frage Frau Schmidtke. Wenn es einer weiß, dann sie. "

3

Die Minishettys und ihr großer Coup – Die Ritter der Tafelrunde – Herbstdepression – Herbstjagd - Ein Fohlen für alle

Auf dem Paddock gab es nur ein Gesprächsthema, und das war gottseidank nicht meine Frisur oder die diesjährige Deckenmode. Nein, es ging um Blacky, Bella und ihren großen Coup. Die beiden kleinkriminellen Minishettys hatten ja schon immer großartige Schnapsideen gehabt, aber ihr neuester Plan toppte alles.

„Ihr wollt was???", fragte Faxe gerade.

Blacky antwortete in seinem unverständlichen Hinterwäldler-Dialekt, den Faxe für uns übersetzte: „Den Möhrentransport überfallen? Weil ihr schon in der Futterkammer wart und neue Herausforderungen sucht? Aber ihr seid Minishettys – wie stellt ihr euch das vor?"

„Schönen Dank für die Erinnerung, das hätten wir sonst glatt vergessen", mischte sich Bella, Blackys rehäugige Freundin, ins Gespräch ein. Gottseidank war Bella - genau wie Faxe –

zweisprachig. „Wir arbeiten noch an den Details. Erstmal suchen wir willige Helfer."

„Das ist ja… das ist ja… organisiertes Verbrechen!", entfuhr es mir. Einen Meisterdetektiv wie mich kann man nicht so leicht aufs Glatteis führen.

„Wohl eher unorganisiertes Verbrechen", bemerkte Stuti. Seit sie so eng mit Lisette, der Leitstute befreundet ist, ist sie ganz schön spitzfindig geworden. Ich toleriere das aber notgedrungen, weil mir nichts anderes übrigbleibt.

„Also ich bin dabei", meinte Konrad. Neben Romeo ist er die andere sportliche Hohlfritte bei uns im Stall. „Das ist tolles Team-Building und ein Super-Incentive zugleich." Konrad hat nämlich einen neuen Trainer, der es sprachlich so richtig krachen lässt. Die Dressage Lessons waren immer ganz incredible, und der gute Konny gab hinterher regelmäßig an wie eine Tüte Mücken.

Auch Companero, der lispelnde langmähnige Schimmel, war interessiert. „Fürrrr mißßßß hörrrt sißßßß daßßß wie ein ßßßehrrr gut durrrrchdachterrr Plan an. Wann geht eßßß denn loßßßß?"

Blacky putzte sich sein Gesicht im Gras ab. Deshalb antwortete Bella für ihn: „So bald wie möglich. Wir beobachten Mike schon länger und schlagen zu, wenn er nicht damit rechnet!"

Das ist ja mal ein ganz ausgefuchster Plan, dachte ich mir. Möhren-Mike belieferte den Petershof einmal pro Woche. Neben Möhren hatte er auch Rote Bete und andere Leckereien im Sortiment. Jedes Mal, wenn sein altersschwacher Laster den Weg zu unserem Stall einschlug und an unseren Weiden vorbeifuhr, hörte man ein kollektives Seufzen, gefolgt von einem wässrigen Schlucken. „Damit kommt ihr nie durch!"

„Lass das mal unsere Sache sein!" Bella war siegessicher.

Die Stimmen der anderen wurden leiser, als sie ihre Köpfe verschwörerisch zusammensteckten. Faxe schlenderte mit einem „Sicherlich braucht ihr einen wissenschaftlichen Berater fürs Feintuning" zu ihnen und wurde in die Gruppe aufgenommen. Das Getuschel ging weiter. Zwischendurch warf jemand einen Blick in meine Richtung. Manchmal war sogar ein Kichern zu vernehmen. Ja, das Böse macht gute Laune. Aber es hat keine Zukunft, denn Pfridolin Pferd ist einer von den Guten. Ach was, der Beste! Ich steckte meine Nase wieder ins Heu. Die anderen würden schon sehen, was sie davon haben!

„Machst du auch mit Pfridolin?" Bella konnte wirklich sehr lieb gucken. Und diese langen Wimpern! „Wir teilen die Möhren hinterher mit allen, die mitgemacht haben."

Ach, na wenn das so ist. Ich lächelte gutmütig und drängte mich zwischen sie und Blacky.

Und wenn es nicht klappt, kann ich immer noch sagen, dass ich verdeckt ermittelt habe, überlegte ich.

"Wir brauchen jemanden, der uns einen Sichtschutz verschafft. Jemand stattlichen. Jemand … mit besonderen Fähigkeiten." Sie sah mich bedeutungsvoll an.

Was auch immer das bedeuten mag. Ich lächelte sie verträumt an. *Ach Bella, wenn du mich so anschaust… du und ich, wir sind ein Dream Team.* Sie sah mich abschätzig an. "Und wenn es nicht klappt, kannst du immer noch sagen, dass du verdeckt ermittelt hast."

In dem Moment fielen die ersten Regentropfen und Konrad stellte fest, dass er aus Zucker war und unbedingt in den Unterstand musste. Trotz seiner exklusiven Paddockdecke. "Ja, aber wenn die nass wird, sieht die nicht mehr gut aus!", war seine Begründung.

Sein doofer Freund Companero folgte ihm auf dem Fuß. "Ißß mag auch keine naßßßen Haarrrre", stellte er fest.

Meine Frisur war das Geringste, über das ich mir Sorgen machte, aber ich stellte mich trotzdem dazu.

„Nicht so nah, sonst wird meine Decke schmutzig", mahnte Konrad.

„Lächerlich!" Ich drängelte ihn beiseite, um an die windgeschützte Seite zu kommen, von der aus man die Mädchen sehen konnte. Leider stand da schon jemand. Nämlich Faxe, der seiner Freundin Peppy's Little Love, kurz Peppy genannt, zuzwinkerte und ihr geheimnisvolle Zeichen gab.

„Mach Platz, Dickerchen!" Ich versuchte, ihn wegzuschubsen.

Faxe rempelte zurück: „Selber Dickerchen!"

„Gar nicht! Ich habe besondere Fähigkeiten, das hat sogar Bella erkannt!"

„Sogar eine Nacktschnecke hat besondere Fähigkeiten. Bella sucht nur einen Dicken, um sich dahinter zu verstecken."

Das konnte ich natürlich nicht auf mir sitzenlassen. „Dann hätte sie mich ja nicht fragen brauchen, wo du doch schon dabei bist. Süße Decke, übrigens." Ich biss hinein und zog kräftig.

***

Regen, Regen, Regen. Während Sara und Romeo unter Kikis Aufsicht Gymnastik trieben, saß Dana im Reiterstübchen und guckte verdrossen in ihren heißen Kakao. Der Herbstregen pladderte aufs

Dach, Romeo und Sara sahen elegant aus und vom Nachbartisch drangen die Geräusche der Tafelrunde. Die Ritter der Tafelrunde, so nannten sich die reitenden Männer des Petershofs. Da Reiten aus unerklärlichen Gründen seit dem Mittelalter ein Frauensport geworden ist, hatten sich die wenigen reitenden Männer des Petershofs aus Selbsterhaltungsgründen zusammengefunden. „Zur gegenseitigen Bestärkung", wie die einen sagten, "zum Schutz vor dem Weibsvolk", wie andere raunten, wenn keine Frauen in der Nähe waren. Vom kernigen Geländereiter bis zum künstlerisch begabten Möbeltischler war hier alles vertreten, und Sven, Erwin, Björn, Tom, Guntram und Felix saßen regelmäßig zusammen und besprachen wichtige Dinge des täglichen Überlebenskampfes.

„Warum so missmutig, mein Herzblatt?", erkundigte sich Guntram.

„Och", machte Dana.

„So genau wollte ich es gar nicht wissen. Bevor du da drüben festklebst, könntest du zu uns rüberkommen und mich in die Feinheiten des Jagdreitens einweihen", lockte Guntram. „Die anderen machen nur so nebulöse Andeutungen. Ich glaube, die wollen mich nicht dabeihaben."

„Das hast du gut erkannt", warf Sven ein. Sven war Kikis Bruder und auf dem Petershof zuhause. Nach einem abgebrochenen

Philosophiestudium war er nach Hause zurückgekehrt, um seinen Eltern bei der Bewirtschaftung der Reitanlage zu helfen. Und wahrscheinlich auch, damit die ihm den Geldhahn nicht vorzeitig abdrehten. Er selbst nannte es „Praktikum auf dem Ponyhof" und behauptete, er habe sein Studium nicht ab-, sondern lediglich unterbrochen. Da es aber mit den Scheinen nie geklappt hatte und sich das Studium anscheinend ins Unermessliche gezogen hatten, hatten die Eltern ihr Veto eingelegt und Peters junior auf den Hof zurückbeordert, damit er sich dort nützlich machte. Kiki war nämlich momentan mit dem Reitunterricht und der Ausbildung ihrer eigenen und der Berittpferde mehr als ausgelastet und konnte Hilfe gut gebrauchen. Sven war dafür prädestiniert, denn er war ein begnadeter und furchtloser Reiter, der sich blitzschnell auf fremde Pferde einstellen und einen Zugang zu ihnen finden konnte.

Er war auf düstere Art attraktiv, mit einem melancholischen Zug um die Augen. Wenn er nicht so abweisend zu ihnen wäre, würden die Mädels vor seiner Schlafzimmertür Schlange stehen, hatte Kiki Dana einmal anvertraut. „Er interessiert sich immer nur für die, die ihn nicht leiden können. Das ist so eine komische Jagdleidenschaft von ihm."

Apropos Jagd: Sven sprach gerade darüber. Dana spitzte die Ohren. „Jagdreiten ist nämlich nicht ohne, dafür reitest du noch nicht lang genug. Nachher brichst du dir den Hals und es gibt einen Ritter weniger in der Tafelrunde. Das wär doch blöd."

„Warum ist das denn so gefährlich?", wollte Guntram wissen.

„Also erstens wird viel und schnell galoppiert, und zwar in der Gruppe. Wir gehen zwar viel Schritt und Trab, aber eben auch Galopp. Da werden die Pferde schnell heiß und sind nicht mehr zu händeln, wenn einem die Übung fehlt. Und zweitens ist das Gelände nicht einfach. Es geht auch schon mal über Stock und Stein, da ist es besser, wenn man sattelfest ist."

Guntram guckte verträumt. Für ihn hörte sich das nicht sonderlich abschreckend an. Eher aufregend und interessant. „Wird bei so einer Jagd eigentlich auch gesprungen?"

„Kommt darauf an. Es wird aber immer vorher angekündigt. Manchmal geht es hinter Hunden querfeldein, da muss man dann so reiten, wie es kommt. Inklusive Gräben und feste Hindernisse. Bei unserer Herbstjagd gibt es aber keine Sprünge."

„Gottseidank", fand Björn, der Bestatter. „Im Betrieb haben wir momentan genug zu tun, da müssen wir uns nicht noch selbst Arbeit machen und noch dazu unsere schöne Tafelrunde ausrotten."

„Also ich würde es ja zu gern ausprobieren", fasste Guntram das Gespräch zusammen. Er wandte sich an Dana: „Reitest du mit?"

Die verschluckte sich vor Schreck an ihrem Kakao. *Ach du liebes Bisschen! Wie kam sie denn aus der Nummer wieder raus?* Jagdreiten war so ungefähr das Letzte, was sie in diesem Leben noch einmal tun wollte. Wie in einem schlechten Film zogen alle bisherigen reiterlichen Katastrophen vor ihrem geistigen Auge vorbei, angefangen mit der riesigen Pfütze, in die sie beim Springen gefallen war, dem Dressurturnier, bei dem Pfridolin mit großer Ruhe aus dem Viereck herausgestiegen und Richtung Wiese marschiert war, ohne dass sie ihn daran hindern konnte und eben der Jagd. Oder wie sie es für gewöhnlich nannte: der Tummelplatz für Irre und ihre Pferde. Sie hatte gar nicht gewusst, WIE SCHNELL ihr Pferd war. Und wie wendig. Gequält schloss sie die Augen.

„Der Pfridolin ist leider nicht so geländesicher", antwortete sie. Und bevor noch jemand auf die Idee kam, ihr sein Pferd anzubieten, wechselte sie schnell das Thema.

***

„Iiiieh, geh weg! Du machst mich ganz schmutzig!" Stuti legte die Ohren an und ging rückwärts. Blacky lachte dreckig. Der kleine Mistkerl war mit erhobenem Kopf unter dem Zaun durchmarschiert, einfach nur so, um zu zeigen, dass er es konnte. Und dass ihm der Strom, der theoretisch auch durch die unterste Litze der Paddockumzäunung floss, nichts anhaben konnte.

Faxe hatte gerade „Selber süße Decke!" geknurrt und rupfte nun an meinem modischen Ensemble in Bordeauxtönen herum, worauf ich ihm kurzerhand den Schweiflatz von seiner Decke entfernte. Wir unterbrachen unseren kommunikativen Austausch kurz, um zum Stutenpaddock hinüberzusehen.

Von dessen anderem Ende es mit einem Mal laut quietschte.

„OH MEIN GOTT, WIE SÜÜÜSS DU BIST!!!", intonierte Else. „Kommt alle gucken, ich habe ein FOHLEN!!!"

„Und ich glaube, ich habe einen Hörsturz", informierte ich Faxe, der nur die Augen verdrehte. Wahrscheinlich hatte er auch einen.

„Ein Fohlen? Das ging aber schnell", murmelte Lisette, die Leitstute. „Mal gucken, was der Quatsch nun wieder soll."

Große Aufregung. Wie ein Lauffeuer machte das Gerücht seine Runde.

„Else hat ein Fohlen!"

„Ein Fohlen, ein Fohlen!"

„Ein Fohlen? Ich liiiieeeeebe Fohlen!", erklärte Peppy, die mit Sicherheit noch nie eins aus der Nähe gesehen geschweige denn über eine Beendigung ihrer sportlichen Laufbahn nachgedacht hatte. Dazu war sie viel zu eigensinnig und selbstbestimmt. Der einzige, der ihr irgendwo reinreden durfte, war Felix, ihr Besitzer. Und Faxe, aber nur, wenn er ganz großes Glück hatte und sie gerade in romantischer Stimmung war.

Dann kamen die anderen Stuten dazu.

„Ich will auch eins!"

„Ich auch!"

„Und ich auch!"

„Ich wollte immer schon eins!"

„Lass mich mal nach vorne, ich kann gar nichts sehen!"

Dann war einen Moment lang Ruhe. Wunderbare, großartige Ruhe, wie man sie sonst nicht vom Stutenpaddock kannte. Es folgte ein kollektives Luftholen und dann machten alle wie aus einem Mund: „OOOOOOOOOOOOOOOH!"

Folgendes Bild bot sich unseren erstaunten Augen: Das sogenannte Fohlen war Bella, die ebenfalls unter dem Zaun durchgekrabbelt war und sich zum Schutz vor dem Regen bei Else untergestellt hatte, und zwar unter deren Bauch. Worauf die sofort einen Milcheinschuss bekam.

Und nicht nur die. Die Mädels drehten kollektiv am Rad. Wir Jungs sahen uns achselzuckend an und hatten mal wieder keine Ahnung, was das zu bedeuten hatte.

„Daß ßind ßicherrr wiederrrr dieße Horrrrmone", vermutete Companero.

„Weiber", bot Konrad als allumfassende Erklärung für irreguläres Verhalten an.

John-Boy hatte gerade tief eingeatmet, um eins seiner Lieblingslieder zum Besten zu geben: „Gern hab ich die Frau'n geküüüüüüsst, hab' nie gefragt, ob es gestattet iiiiiiist…"

Wir lauschten fasziniert. Ich möchte nicht sagen, dass wir vor Schreck wie gelähmt waren, aber John-Boys Lieder haben häufig diese Wirkung. Aber wozu groß darum herumreden – Wachkoma kann kaum schlimmer sein als das, was unsere Gehörnerven erdulden mussten. Ich versuchte, mir Heu in die Ohren zu stopfen, aber keine Chance. John-Boy hörte erst auf, als Blackys nervige kleine Stimme ertönte.

Wie immer gab das Minishetty unverständliches Kauderwelsch von sich, während es herumstolzierte und den Mädels lüsterne Blicke zuwarf.

„Er sagt, wenn sie Fohlen wollen, könnte er ihnen helfen", übersetzte Faxe schockiert. „Peppy, geh sofort weg von dem Zwerg!"

Die ignorierte ihren Wahrscheinlich-nicht-mehr-Freund und stellte sich zu Blacky. „Soso, du kannst also Fohlen zaubern?"

Blacky antwortete. Ich sah Faxe fragend an.

Der war fassungslos. „Weißt du, was der Gnom gesagt hat? *Siehst du den kleinen Hügel da vorne? Stell dich genau dahinter und mach die Augen zu.* He du hässlicher Zwerg, das ist meine Freundin! Finger weg!"

„Wieso versteht sie ihn überhaupt?", erkundigte ich mich.

„Die Sprache der Liebe ist international, aber davon verstehst du nichts", antwortete Peppy ungefragt. Ich streckte ihr die Zunge heraus. Wie meinte sie das nur?

Faxe beschimpfte Blacky weiterhin. Der antwortete unverständlich, aber hämisch.

„Natürlich komm ich zu dir rüber. Warum sollte ich mich das nicht trauen, du mieser Möchtegernhengst!", rief Faxe schließlich erbost und marschierte entschlossen durch den Elektrozaun, der ihn von seinem Nebenbuhler trennten. Es machte laut PJÖING, als die Litzen rissen.

Und deshalb kamen wir viel zu früh in die Boxen, konnten unsere Decken nicht weiter zerstören und mussten sehr lange auf unser Abendessen und das Bodenpersonal warten.

Aber eins ließ mir keine Ruhe. Auf meine Frage, ob er vorher den Strom abgestellt hätte oder wie er es sonst geschafft hätte, dass er keinen gewischt bekommen hätte, antwortete Faxe mit einem vielsagenden Lächeln und dem Wort: „Decke."

Wenn meine sogenannte Besitzerin nicht so geizig wäre, hätte ich auch eine Decke, die vor Stromschlägen schützt. Ich prangere das an.

Blacky und Bella waren unterdessen nach Hause gegangen. Zwischen ihnen herrschte gespanntes Schweigen. In der Ferne tuckerte ein Traktor übers Feld.

4

Eine kleine Stärkung und viel schlechte Laune – Beziehungsstress bei den Minishettys – Weg ist der GAULL

Beim abendlichen Paddockabäppeln zeigte sich die Frau wieder sehr humorlos und äußerte mehrfach den Wunsch, „dem kleinen Mistvieh den Hals umzudrehen." Endlich sind wir mal einer Meinung und können Blacky beide nicht leiden. Wen sollte sie auch sonst meinen? Ich kann es ja wohl nicht sein, denn ich bin ihr Augäpfelchen. Und dafür, dass sie mir so eine minderwertige Decke anzieht, die von ganz allein kaputtgeht und wahrscheinlich nicht vor Strom schützt, kann ich ja schließlich nichts.

Auch Melanie, die es endlich mal wieder in den Stall geschafft hatte, schien unter dem schlechten Wetter zu leiden. Zwar war ihre Reitstunde auf der schönen Peppy allem Anschein nach gut verlaufen, zum Ausgleich wollte sie aber einem gewissen Constantin Silberblad den Garaus machen. Bibliothekarinnen drücken sich anscheinend gern merkwürdig aus.

„Warum?", erkundigte sich Dana. „So ein netter, reicher Mann und dann noch gutaussehend!"

„Er ist ein netter, reicher Teufel in Menschengestalt, der mich in unendlich viele Besprechungen zwingt und so vom Stall fernhält", antwortete Melanie böse. „Und seine doofe Frau, die ihm immer recht gibt, bring ich am besten gleich mit um. Wenn ich schon ihre Lache höre! Ahahaha-hi", imitierte sie Saras perlendes Gelächter.

„Sehr überzeugend", gab Dana zu. „Und wetten, das geht nicht nur hier im Stall die ganze Zeit so, sondern auch zuhause? Ahahaha-hi hier, Ahahaha-hi dort."

„Das würde mich verrückt machen. Oder sehr, sehr böse", knurrte Melanie.

„Hallo ihr Lieben! Warum so schlecht gelaunt? Seht mal, ich hab euch Teilchen mitgebracht!"

„Hallo Sara", antworteten die beiden Lästerschwestern schuldbewusst und überlegten fieberhaft, wie lange Sara wohl schon da war und was sie alles mitgehört hatte.

„Ach, es ist alles Felix' Schuld", improvisierte Dana.

„Ehrlich? Hat er dich auch geärgert? Letztens hat er mich fast zur Weißglut getrieben, da hätte ich ihn am liebsten erwürgt!", lachte Sara silberhell und nestelte gutgelaunt an ihrer üppigen Flechtfrisur herum. „Nur im Scherz natürlich, ich könnte ja keiner Fliege was zuleide tun. Felix ist aber auch zu lustig, wenn er seine Späße treibt!"

Dana und Melanie lachten aus schlechtem Gewissen mit. Sara konnte ja wirklich nichts dafür, dass ihr Mann Melanie von Berufs wegen bearbeitete. Andere Leute wären froh, wenn sie bei einer Umstrukturierung mitreden dürften. Aber andere Leute haben auch kein Pferd. Melanie seufzte einmal, dann konnte das Leben weitergehen. „Wo ist denn mein Faxeschätzchen? Noch draußen auf dem Paddock?"

„Die Pferde sind schon in der Box und fressen Heu. Gönn dir doch auch eine kleine Stärkung! Du auch, Dana!", forderte Sara auf und deutete auf das Tablett mit den nahrhaften Leckereien.

„Überredet", nickte die mit vollem Mund. „Pures Hüftgold, aber saulecker!"

Schlecht gelaunt stapfte Sven auf die Stallgasse. Seine schlammbespritzten Reitstiefel verrieten, dass er im Gelände gewesen war, und da sich die Schlammspritzer gleichmäßig weiter über seine Vorderseite erstreckten, war er wohl zügig unterwegs gewesen. Obwohl so was ja im Allgemeinen die Stimmung hebt, hing ihm die Kinnlade ziemlich weit unten. Sara hatte mittlerweile Routine im Teilchenherumreichen.

Sven biss geistesabwesend hinein und schimpfte mit vollem Mund: „Dieser verdammte Companero ist so ein Vollspacken, das könnt ihr euch nicht vorstellen! Hat meinen Sattel angefressen, als ich ihn nur mal eben auf den Sattelhalter vor seiner Box gehängt habe. Und was sagt Marie, als ich sie auf Schadensersatz anspreche? Selbst schuld. Selbst schuld!!! Einfach so. Typisch. Wenn man von Beruf Tochter ist, hat man es wohl nicht nötig, sich zumindest mal zu entschuldigen."

„Marie ist Erzieherin", warf Melanie zaghaft ein.

„Eine Kindergärtnerin?!" Sven warf die Arme in die Luft. „Auch das noch! Da muss man sich ja über nix mehr wundern." Kopfschüttelnd drehte er sich um und ging fort.

Sara, Melanie und Dana sahen sich an und zuckten die Achseln.

„Ahahaha-hi!", lachte Sara die schlechte Stimmung weg. „Von dem lassen wir uns die Laune nicht verderben. Noch ein Teilchen, Mädels?"

„Och", machten Melanie und Dana, was Sara zu Recht als Ja deutete.

Schritte näherten sich. „Wenn ich den Vollpfosten erwische, der Companeros Decke zerrissen hat! Die war flatschneu!!"

„Hallo Marie! Teilchen?" Das war Sara.

Maries Gesicht hellte sich vorübergehend auf, bis sie feststellte, dass nur noch Nussecken da waren. „Willst du mich umbringen? Ich bin hochgradig gegen Nüsse allergisch!" Sicherheitshalber fummelte sie ihr Notfallspray aus der Tasche.

„Tut mir leid, ich hatte das letzte ohne Nüsse", murmelte Dana zerknirscht.

„Na klasse", muffelte Marie. „Ihr könnt einem echt die Laune verderben."

„Hallo hallo hallo! Was ist denn hier los, dass ihr solche Gesichter macht?" Guntram war gerade aus dem Auto gestiegen und stiefelte frohgemut auf die anderen zu.

„Ach nix!", fauchte Marie und ging. Dana musste dringend weg, ihre Putzkiste holen. Auch Melanie hatte mit einem Mal etwas ganz Wichtiges zu erledigen, und zwar woanders. Guntram guckte ratlos, ließ sich aber gern von Sara aufheitern, die ihn anstrahlte, als hätte sie noch nie einen Mann gesehen.

„Nussecke?"

***

„Mein Fo-ho-hohlen!", schluchzte Else. „Komm zurück, mein Fo-ho-hohlen!"

Bella huschte eilig unter der untersten Litze hindurch.

„Nie wieder", sagte sie, als sie bei uns Wallachen angekommen war. „Diesmal hat es Blacky wirklich übertrieben."

„Trennt ihr euch? Wird jetzt nichts aus dem Möhrenraub?" Faxe blickte besorgt um sich. „Wir ALLE hatten uns schon so gefreut."

Die anderen Wallache kamen näher. Sie sahen aus wie immer – hungrig. Kurze Frage am Rand: Gibt es dieses „satt" überhaupt?

„Mein Fo-ho-holen!", heulte Else.

„Bloß nicht. Und wenn einer von euch", sie fasste uns scharf ins Auge, „mich verpetzt, dann ist hier der Teufel los!"

Wir sahen uns an und schüttelten die Köpfe. Nichts lag uns ferner, als uns mit einer Minishettystute anzulegen, die schlechte Laune hatte und über die unheimliche Zauberkraft verfügte, überall dort zu sein, wo sie sein wollte.

„Also. Ich will nicht mehr das Fohlen von der Dicken sein. Stellt sich irgendjemand anders zur Verfügung? Du vielleicht, Dicker?"

Aus unerfindlichen Gründen sah sie mich an.

„Aber Bella, ich bin doch der derjenige mit den besonderen Fähigkeiten, den du für deinen großen Coup brauchst", wandte ich zaghaft ein.

Sie schüttelte kurz den Kopf und sah mich mit zusammengekniffenen Augen an.

„Stimmt", knurrte sie. „Können wir irgendwohin gehen, wo man das Geheule nicht mehr hört? Das nervt total."

„Sssso grrrroßßß ißßßt unserrrr Paddock leiderrrr nißßßt", wandte Companero schüchtern ein.

Bella verdrehte die Augen.

„Wir können in die Hütte gehen", schlug Faxe vor.

„Hütte", so nannten wir unseren Unterstand. Jungs haben eine Hütte, klar? Bei den Mädels ist es das „Schloß", aber in unserer Hütte kann man Jungssachen machen. Wie zum Beispiel den Überfall auf Mikes Möhrenlaster planen.

„Infantil", schnaufte Bella, „aber es wird reichen." Verständnislos, aber glücklich folgten wir ihr.

„Mein Fo-ho-hohlen", hörten wir Else weiter jammern. Und Blacky, der ihr anbot, „schnell ein neues zu machen."

„Also", erklärte Bella mit harter Stimme. „Wir ham ne Beziehungskrise. Klar soweit?"

„Wer – wir?", rutschte es mir erschrocken heraus.

„Mein sogenannter Macker, der einen auf Beschäler macht, und ich. Sonst noch Fragen?" Ihr Blick war eisig.

„Nein, nein", murmelten wir erschrocken.

„Also – der Möhrenraub."

Wir nickten ergriffen.

„Wenn ich mir euch so angucke", sie ließ ihren Blick über uns schweifen, „wird daraus nix."

„Waßßß?"

„Warum denn nicht?"

„Menno, ich hatte mich schon so gefreut."

„Weil", Bella holte bedeutungsschwer tief Luft, „ich dafür Profis brauche. Profis, die bereit sind, ALLES zu geben. Weil es um ALLES geht."

Eine nachdenkliche Pause folgte.

„Mein Mash geb ich dafür aber nicht ab", war eine leise Stimme zu hören. John-Boy. Klar. Er war der Einzige, der regelmäßig diese schlabbrige Süßigkeit bekam und wollte uns einfach nur fertig machen.

„Ich opfere gern meine Mähne", antwortete eine Stimme, die ich mit Mühe als die meinige erkannte.

„Klar, ist ja nix mehr von übrig", kicherte Bella.

„Ich habe auch Gefühle, weißt du!", baute ich mich vor ihr auf.

***

„Guck mal, der ist doch schick!" Aufgeregt wedelte Dana mit ihrem Smartphone.

„Irgendwie gelb", blinzelte Guntram auf das kleine Display mit dem unscharfen Foto. Sie saßen am Esstisch in Danas Wohnung und warteten darauf, dass das Nudelwasser kochte. Guntram war essenstechnisch nicht verwöhnt und keiner konnte Nudeln so anbrennen lassen wie Dana.

„Das heißt Cremello und ist eine seltene Farbe. Das Pferd selbst heißt Caramello." Dana sah ihn beifallheischend an – ungefähr so, als wäre diese geniale Namensgebung auf ihrem eigenen Mist gewachsen. „Guck mal, soooo hübsch!"

Ihr Gesprächspartner wusste, wann Widerspruch sinnlos war und nickte enthusiastisch.

„Leider schon vierzehn", bedauerte Dana. „Ich hätte gern was Jüngeres."

Guntram lächelte unsicher und rupfte heimlich ein vorwitziges graues Haar aus.

Aber seine Angebetete war so in ihr Smartphone vertieft, dass er sich schon mit der Heckenschere hätte frisieren müssen, um ihre Aufmerksamkeit zu erregen. „Hier, der ist auch toll: Escolar, 3-jähriger Pe-Err-Eh-Hengst. Ein Pferd wie ein Gemälde! Gelehrig und wunderschön."

„Escobar, das war doch dieser kolumbianische Drogendealer", erinnerte sich Guntram. Ein Polizist ist halt immer im Dienst.

„Escolar ist spanisch und heißt Schüler", erklärte Dana leicht von oben herab.

Sie ist so süß, wenn sie sich echauffiert, dachte Guntram und fragte laut: „Und was willst du mit einem dreijährigen PRE-Hengst?"

„Kaufen?" schlug die Dame seines Herzens vor.

„Aaaah", heuchelte er Verständnis. „Sag noch mal genau, wonach du Ausschau hältst, ja?"

„Aaaaalso", begann Dana. „Ich suche ein Zweitpferd. Es soll hübsch und sitzbequem sein. Am liebsten ein Spanier. Aber kein Schimmel! Selbstverständlich gesund und charakterlich tipptopp. Gute Bewegungen wären schon auch schön. Ach ja, und brav sollte es sein. Und nervenstark. Und am besten schon ausgebildet, aber auf nette Art und Weise. Und nicht so teuer. Und am liebsten wäre mir ein Wallach, die sind charakterlich am einfachsten."

„Ach. Und wenn der Wallach noch Hengst ist?" Guntram zuckte mitfühlend zusammen. „Armer Kerl."

„Glaub mir, es ist das Beste für ihn", versicherte Dana.

Glücklicherweise kochte in diesem Moment das Nudelwasser über und entband ihn der

Notwendigkeit einer Antwort oder gar einer weiteren Nachfrage. Stattdessen ließ er den Moment noch etwas nachwirken und hoffte auf eine diesbezügliche partielle Amnesie.

Dana war nach nebenan in die Küche verschwunden, wo sie geheimnisvolle Kochgeräusche machte und dabei unterdrückt fluchte.

„Deckst du bitte schon mal den Tisch? Das Essen ist gleich fertig!"

Das war glücklicherweise schnell erledigt, denn mittlerweile hatte er mächtig Hunger. Umso größer seine Freude, als Dana kurz darauf mit zwei dampfenden Tellern das Esszimmer betrat.

Guntram schnupperte: „Das riecht aber ... interessant."

„Knoblauch", beschied ihn Dana kurz angebunden.

„Auch dieses Räucheraroma – sehr pikant!"

Eines musste man Dana lassen: So gern sie gut aß – das fand meistens woanders statt - , so tapfer und todesverachtend vernichtete sie ihre misslungenen Eigenkreationen.

Beide spachtelten eifrig und unterhielten sich dabei weiter. Vom Pferdekauf waren sie zum beruflichen Alltag gekommen. Also Guntrams. Bei Dana war es in letzter Zeit auf der Arbeit so gruselig gewesen, dass sie sich weigerte, zuhause über ihren merkwürdigen Büromitbewohner und dessen große, starke Freundin zu sprechen. Stattdessen horchte sie lieber Guntram aus, der wunschgemäß berichtete.

„Also da gibt es diesen berühmten Künstler. Gabriel Ullrich alias GAULL."

„Kenn ich. Der macht hauptsächlich Pferdeskulpturen. Und zwar sehr künstlerische, so dass kein Mensch erkennt, was es eigentlich sein soll."

„Nicht nur, aber auch." Guntram nickte. „Außerdem macht er aber auch Auftragsarbeiten – also Skulpturen nach lebenden Objekten. Zum Beispiel."

„Weiß ich doch." Dana winkte ab. „Die Statue vor dem Landgestüt ist auch von ihm. Die Stute mit dem Fohlen."

Guntram rührte etwas Ketchup unter seine Spaghetti. „Und weil der Herr GAULL so berühmt ist, sind seine Bronzestatuen natürlich auch sehr teuer und zieren die Anwesen vieler reicher Leute. Man glaubt gar nicht, wie viele der reichsten Pferdebesitzer Deutschlands so einen Bronze-GAULL ihr Eigen nennen. Ich nehme an, sowas ist eine gute Geldanlage."

„Ich versteh schon gar nicht, wie man als Pferdebesitzer reich sein kann", überlegte Dana.

„Ich nehme an, wenn man vorher noch reicher war. Und dann kauft man halt mal eben mit dem Geld aus der Kaffeekasse ein bisschen Kunst."

„Abgesehen davon wertet so ein lebensgroßes Bronzepferd den üblichen, langweiligen Park hinter der Villa kolossal auf. Ich hätte auch gern sowas."

„Die Sara auch, aber das darfst du niemandem verraten. Auf dem Silberblad-Anwesen stand nämlich auch so ein Bronze-GAULL. Mit Betonung auf ‚stand'. Das darf aber keiner wissen. Von ganz oben wurde Vertraulichkeit zugesichert. So, und jetzt haben wir in ganz Deutschland verschwundene Bronzestatuen. Lebensgroß, zum Teil noch größer, und sauschwer."

Dana machte große Augen. „Wie klaut man denn sowas? Und wie transportiert man die Dinger ab?"

„Mit dem Trecker", sagte Guntram müde. „Wir haben an allen Tatorten Treckerspuren gefunden. Bitte frag mich nicht, warum."

Aber Dana hatte mal wieder nicht zugehört und fragte weiter: „Ja und warum das Ganze? Wieso klaut man die Dinger überhaupt? Bekannte Kunstwerke kann man ja schlecht verkaufen. Oder ist es wegen des Materialwerts? Eigentlich auch unwahrscheinlich, oder?"

Guntram seufzte. „Ungefähr genauso weit sind wir auch mit unseren Ermittlungen. Morgen muss ich zu einem weiteren Tatort. Hoffentlich bringt uns das weiter. Und dazu kommt jetzt noch der Irre, der hier Hochsitze ansägt. Heute wurde schon wieder einer gemeldet. Aber nicht von Schlammi, sondern von einem anderen Jäger. Geistig gesund sind die doch beide nicht, weder der Pferdchenklauer noch der Hochsitzsäger."

„Es können ja auch mehrere sein. Säger, meine ich. Zum Beispiel diese Wachsamen Weganer, nach denen du gestern gefragt hattest. Ich hab Frau Schmidtke aber noch nicht danach gefragt, weil ich sie nämlich noch nicht gesehen habe. Aber Melanie ist morgen mit ihr zum Spazierengehen verabredet. Wegen Dieter, weißt du."

„Stimmt, der hat ja mal bei Melanie gewohnt."

„Google kennt die Wachsamen Weganer auch nicht. Wenn einer was weiß, dann Frau Schmidtke."

„Sollen wir nicht einfach mal rübergehen und sie fragen?"

„Nein, nein, sie muss in der richtigen Stimmung sein, sonst gibt das nix."

„Also gut, warten wir bis morgen. Wenn Dieter mit Gassigehen fertig ist, ist Frau Schmidtke möglicherweise passend gelaunt."

„Was ist denn mit militanten Jagdgegnern? Oder Tierschützern?"

„Gibt's hier eigentlich Fleischfabriken?", fragte Guntram zurück. „Also so richtige große, hässliche Massentierhaltungen?"

„Zum Glück nicht."

„Oder wird hier viel gejagt?"

„Ich glaube nicht. Soweit ich weiß, sind die sogenannten Jagden", Dana malte mit den Fingern Gänsefüßchen in die Luft, „meist nur wüste Trinkgelage. Schüsse hört man selten. Aber vielleicht hat jemand einen ganz privaten Hass auf die Schlammis?"

„Es wurden ja nicht nur seine Hochsitze angesägt", erinnerte Guntram.

„Stimmt." Dana schlug sich mit der flachen Hand vor die Stirn. „Sonst passiert hier jagdmäßig echt wenig. Die einzige Jagd, über die hier in der Gegend gesprochen wird, ist die große Herbstjagd des Petershofs."

„Die große Herbstjagd", sinnierte Guntram. „Das ist bestimmt ein tolles Spektakel!"

„Nur gut, dass es schon lange verboten ist, bei Reitjagden lebendes Wild zu jagen!", warf Dana ein. „Und eine Meute gibt es gottseidank auch nicht."

„Ich hätte ja schon Lust, mitzureiten", gab Guntram zu. „In der Tafelrunde wurde viel davon gesprochen. Aber ich schätze, die Jungs haben recht, wenn sie sagen, dass es mir da an Reiterfahrung fehlt. Für dich als alten Reitprofi wär das schon eher was. Nur schade, dass du kein passendes Pferd dafür hast."

Dana fand das nicht nur nicht schade, sondern war mehr als erleichtert, dass sie nicht mit einer Horde Irrer im gestreckten Galopp durchs Unterholz preschen musste. Auf einem Pferd, dessen sonst so sensibles Mäulchen mit einem Mal wie mit Beton ausgegossen schien, so unempfindlich war es. Und nicht nur im Maul, nein, das ganze Pferd verwandelte sich in einen ferngesteuerten Tiefflieger, der nur ein Ziel kannte: Möglichst schnell und möglichst knapp zwischen den Baumstämmen durchzufegen und anderen Reitern durch geschicktes Hakenschlagen den Weg zu versperren. Merke: Geld gibt's vorne und Verfolger gehören abgehängt. Dana schüttelte sich kurz, um die Erinnerung zu verdrängen und lächelte Guntram bedauernd an. „Aber nächstes Jahr kannst du bestimmt mitreiten. Faxe ist ja jagderprobt, der bringt dich heil wieder nach Hause."

„Das ist ja wohl selbstverständlich, schließlich sind Faxe und ich Kumpels. Aber meinst du, er ist schnell genug, dass ich beim Fuchsschwanzgreifen gewinne?"

Der hat Sorgen! Dana schloss die Augen. Wie machte sie das nur, dass sie immer an die Irren geriet? Sicher, Guntram war nett, aber geistig gesund geht anders. Einen Moment lang war die Erinnerung an die allerschrecklichste Situation ihres Lebens verschwunden gewesen, aber nun sah sie wieder alles vor sich:

Den grünen Hügel, Pfridolin alias „die bockende Bestie" unter sich, die anderen Reiter mit ihren genauso verrückten Pferden und der Fuchs vorneweg. Natürlich kein echter Fuchs, sondern Erwin aus der Tafelrunde. Der bekam einen Fuchsschwanz an die rechte Schulter seiner Reitjacke geheftet, die Jagdhornbläser bliesen und alle galoppierten wie die Irren los und versuchten, Erwin den Fuchsschwanz von der Schulter zu reißen. Sven war der Glückliche gewesen. Natürlich. Kikis Bruder ritt wie ein Lebensmüder und war absolut furchtlos.

„Also den Fuchsschwanz hätte ich schon gern", erzählte Guntram gerade mit leuchtenden Augen.

Und dann diese dauernde Tröterei! Weitere ungebetene Erinnerungen stiegen vor Danas Augen (und Ohren) auf. Überall waren die vermaledeiten Jagdhornbläser herumgestiefelt und hatten einen infernalischen Lärm gemacht. Dagegen war eine Horde Kinder im Zuckerrausch ein Schneckenschiss. So ganz konnte sie es dem Pfridolin also nicht verdenken, dass er hektisch geworden war. Es hätte ja auch niemand damit rechnen können, dass ihr ehemals wohlerzogenes und gutausgebildetes Dressurpferd von jetzt auf gleich zu einer Kreuzung zwischen Ferrari-Pferd und feuerspeiendem Drachen mutiert.

„Die Jagdhornbläser kommen auch, hat Sven erzählt. Bestimmt ärgerst du dich, dass du nicht mitreiten kannst", schloss Guntram gefühlvoll.

„Ach weißt du …", begann Dana, aber da fiel Guntram noch etwas ein: „Bestimmt können wir auf der Kutsche mitfahren und tolle Fotos machen!"

Klar, und vielleicht fährt der Kutscher auch nicht mit hundert Sachen querfeldein, so dass die blöde Kutsche in den Graben kippt, dachte Dana. Aber hey, vielleicht können wir Faxe anspannen. Eingefahren ist er, unerschütterlich auch – das könnte sogar Spaß machen. Sie öffnete den Mund: „Wusstest du übrigens schon, dass dein neuer bester Freund Faxe Kutschenprofi ist? Nicht? Also ich stelle mir das so vor…"

5

Bella ist Single – Nur noch eine geschäftliche Verbindung - Besuch in Atelier und Gießerei – Der Sturz – Ich nehme die Ermittlungen auf

„Raketenwerfer. Wir brauchen Raketenwerfer", sagte Bella.

„Und wofür nochmal genau?", erkundigte ich mich bei der Minishettystute.

„Natürlich, um den Möhrenlaster anzuhalten, du Blödmann."

„Ihr seid ja größenwahnsinnig!"

„Wir sind Minishettys. Von uns erwartet man sowas." Bella sah mir ruhig in die Augen.

„Ja klar, wie konnte ich das nur übersehen. Ähem." Ich beschloss, mit derlei kriminellen Machenschaften nichts zu tun haben zu wollen. Schlimm genug, dass sich Faxe beim aktuellen Projekt der beiden Zwerge mit so großer Begeisterung als Undercover Agent andiente, dass ich an seinen Motiven zweifelte.

„Aber schön, dass du deine Lebensplanung so straight weiter durchziehst. Ähem. Meinst du, Blacky und du, ihr kriegt eure Beziehung noch mal auf die Reihe? Wo er sich doch gerade auf dem Stutenpaddock als Beschäler anbietet?"

„Hör mir auf mit dem Stutenpaddock. Da geh ich nicht mehr hin. Die große, dicke Stute behauptet, ich wäre ihr Fohlen und verfolgt mich auf Schritt und Tritt. Und wenn ich mich dann endlich abgeseilt habe, schreit sie in einem fort nach mir."

Ich nickte. „Das ist mir auch schon aufgefallen." Es war auch nicht zu überhören. Else hatte sich in Rage gewiehert. „Komm gefälligst sofort zurück zu deiner Mutter!", blökte sie gerade.

„Blacky scheint sich da aber ganz wohlzufühlen."

„Seit er den Stuten erzählt hat, er könnte ihnen zu einem eigenen Fohlen verhelfen, sind sie ganz jeck auf ihn. Von mir aus. ICH bin nicht auf ihn angewiesen. Alles, was uns jetzt noch verbindet, ist das Geschäft."

„Das Raketenwerfer- und Überfallgeschäft."

„Ganz genau."

„Ich muss das erstmal sacken lassen." Einerseits hatte ich berufliche Skrupel, andererseits war Bella gerade Single. Und wer weiß, vielleicht konnte ich sie ja auf den Pfad der Tugend zurückführen.

***

Die sanft geschwungenen Formen der Sandsteinvilla schmiegten sich anmutig in die hügelige Landschaft. Sie sah kein bisschen protzig aus, sondern einfach gediegen. So, als hätte es sie immer schon gegeben und als müsste sie hier stehen. Als wäre die Gegend um sie herum eigens für sie erschaffen worden, was, wie Guntram vermutete, wahrscheinlich sogar der Fall war. Die übermannsgroße Hecke, die das parkähnliche Grundstück umgab, wiegte sich sanft im Wind.

„Kommen Sie mal mit um die Ecke", sagte der Hausherr müde. Guntram und sein Azubi Jonas, der glücklich war, dass er nach einem Abstecher auf die Polizeischule endlich wieder praktisch arbeiten durfte, folgten ihm über den angrenzenden Acker. „Lassen Sie uns noch ein Stück in der Treckerspur hier gehen, dann sieht man es besser."

Auf sein Zeichen hin drehten sie sich um. Die Treckerspur pflügte sich schnurgerade über den Acker, durch die Hecke, die mitsamt Zaun auf fünf Metern nicht mehr vorhanden war, und knapp am Gartenhaus vorbei, wo sie den Park durchquerte und das Grundstück auf der anderen Seite auf dieselbe Art und Weise verließ. Eine Schneise der Verwüstung.

Jonas pfiff leise durch die Zähne. Guntram nickte beklommen. „Wurde sonst noch etwas gestohlen?", fragte er.

Der Hausherr verneinte. „Nur die Bronzestatue. Es war ein echter GAULL. Praktisch unbezahlbar. Und noch dazu der ideelle Wert! Er war meinem Ricardo wie aus dem Gesicht geschnitten." Zum Beweis hielt er das Foto eines Springpferdes hoch.

***

Gabriel Ullrich, besser bekannt unter seinem Künstlernamen GAULL, schüttelte nachdenklich die lange Mähne. „Da kann ich Ihnen nicht helfen, glaube ich."

Guntram und Jonas standen im Atelier des berühmten Bildhauers. Jonas sah sich um. Heute schon der zweite Ermittlungstermin! Auf der Polizeischule war es so dermaßen langweilig gewesen, dass ihm sogar die sonderbaren Einsätze mit dem Kollegen Wollmeier gefehlt hatten, aber der war heute in der Gießerei, in der die GAULL'schen Meisterwerke in Bronze gegossen wurden. Hier, in der alten Fabrikhalle, wurden die Vorlagen für die berühmten Bronzestatuen aus Gips und Ton gefertigt. Jonas sah verschiedene überlebensgroße Pferde in unterschiedlichen Posen und Bearbeitungsstadien, zum Teil mit Tüchern abgedeckt.

Gabriel Ullrich, ein dünnes Männlein mit wirrem Haar und wildem Blick, hatte sich eigentlich bereit erklärt, ihnen weitere Informationen über seine Kunstwerke zu geben, war aber anscheinend schnell an die Grenzen seiner Mitteilsamkeit gestoßen.

„Denken Sie nach", bat Guntram in einfühlsamem Ermittlerton. „Bestimmt ist da irgendwas, das die Diebstähle miteinander verbindet."

„Außer der Tatsache, dass ich jedes der gestohlenen Kunstwerke angefertigt habe?", erkundigte sich der berühmte Künstler und lachte affektiert. „Aber das hat die Polizei bestimmt schon selbst herausgefunden."

„Sie machen es sich zu einfach, Herr Gaul."

„GAULL, bitte. Mit Großbuchstaben. Sie müssen das schon akzentuierter aussprechen."

„So besser, Herr GAULL?" Guntram gab sich Mühe.

„Durchaus akzeptabel."

„Verraten Sie mir auch, warum Sie sich Gaul nennen?"

„Sie tun es schon wieder. GAULL heißt das. Ist denn das so schwer?"

„Tschuldigung, Herr GAULL. Also warum dieser Künstlername?"

„Wegen der Allmacht des Pferdes! Der Urgewalt, die ihm innewohnt! Das Animalische in seiner künstlerischen und schönsten Form. Die Essenz des Pegasus lebt in mir. Ich bediene mich seiner und er spricht aus mir. Sehen Sie hier - Pegasus Megasus!", rief der Künstler erregt und deutete auf das Objekt, an dem er gerade arbeitete: ein sich aufbäumendes Flammenross.

Guntram und Jonas sahen sich achselzuckend an.

„Hat so ein Pegasus nicht für gewöhnlich Flügel?", erkundigte sich Guntram, der beschlossen hatte, das Gespräch auf eine halbwegs sachliche Basis zurückzuführen.

„Ach, Sie kennen sich aus. Wohl selber schon mal einen Pegasus geritten,", stichelte der Meister. „Was wissen Sie denn schon, Sie Banause."

„Also nochmal: Ist irgendetwas an ihren Werken besonders?", erkundigte sich Guntram, dem langsam der Geduldsfaden riss. Jonas machte eifrig Notizen. Guntrams Sauklaue war legendär, weshalb er es vorzog, dass Jonas mitschrieb. Auch wenn dessen Rechtschreibung gelegentlich individuelle Züge aufwies.

„Alles! An meinen Werken ist alles besonders! Und jedes ist einzigartig", erwiderte der Künstler verschnupft.

„Aber ja, das sieht man", beschwichtigte Guntram. „Aber gibt es ein Detail, das wir übersehen haben?"

„Viele." GAULL war immer noch beleidigt.

„Zum Beispiel etwas, das sonst niemand weiß. Eine geheime Zutat in der Legierung. Oder ein geheimes Versteck. Zum Beispiel hat man schon einmal Beute aus einem Verbrechen in einem Kunstwerk versteckt. Oder sogar Goldbarren. Oder ein kleines Artefakt von unermesslichem Wert?"

„Kunst im Kunstwerk", sagte Jonas beeindruckt. Der Chef hatte eben den Durchblick, das musste man ihm lassen.

„Zum Beispiel den Schatz der Nibelungen?", fragte GAULL resigniert. „Erwischt. Jetzt haben sie mich. Die Bronzerösser haben ein Geheimfach unter der Mähne, in dem ich den Schatz der Nibelungen versteckt habe."

Die Polizeibeamten hielten beeindruckt den Atem an und tauschten erwartungsvolle Blicke aus.

„Nur ein Scherz!"

Die Staatsgewalt zeigte sich ziemlich humorlos und ließ sich vom Künstler erklären, dass die Statuen aufgrund ihrer Größe zwar in Einzelteilen gegossen, diese aber hinterher so kunstvoll miteinander verbunden würden, dass die Bronzen – nun ja, eben wie aus einem Guss aussähen. Sie könnten auch nicht spurlos demontiert und wieder zusammengesetzt werden. „Sie würden das vielleicht nicht merken, aber ich. Es sei denn, sie haben einen wirklich guten Ziseleur an der Hand, und davon gibt's nicht viele."

„Aha", machte Guntram enttäuscht, fragte nach, was ein Ziseleur ist („Das ist der, der die Übergänge zwischen den Schweißnähten unsichtbar macht.") und bat Gabriel Ullrich um seine Kundenkartei. Nach einigem Hin und Her händigte der Künstler die erwünschten Unterlagen aus. Eine gewisse natürliche Widerborstigkeit und seine Eitelkeit rangen miteinander, wobei der Stolz auf seine hochkarätigen Auftraggeber schließlich die Oberhand gewann. „Alles, was Rang und Namen hat", erklärte er bei der Übergabe. Und: „Ich fertige NUR Unikate. Nachdem die Bronze gegossen ist, lasse ich die Gussform zerstören. Meine Pferde haben eine SEELE."

Später im Polizeipräsidium pfiff Guntram leise durch die Zähne, als er die sichergestellten Unterlagen durchsah. „Ein Verzeichnis der reichsten Menschen Deutschlands", erklärte er dem staunenden Jonas. „Die Bronzepferdchen von unserem Herrn GAULL muss man sich anscheinend leisten können! Bitte prüf doch mal, bei wem aus dieser Liste eingebrochen wurde und was genau gestohlen wurde."

Auch der Kollege Wollmeier war von seiner Exkursion zur Kunstgießerei Schmoll zurückgekehrt, wo man nicht sehr nett zu ihm gewesen war, wie er aufgebracht berichtete. Insgesamt war sein Besuch wenig ergiebig gewesen.

Der Gießermeister hatte ihn angeschnauzt, weil er angeblich den Guss irgendwelcher überbewerteter Bronzen gestört und ihm in den selbigen hineingequatscht hätte. „Frechheit! Von wegen *er muss die Bronze fließen hören!* So einen Blödsinn habe ich ja noch nie gehört!" Wollmeiers Gesichtsfarbe hatte einen ungesunden Rotton angenommen. „Die können doch mit ihrer Gießerei nicht meine Ermittlungen behindern! Das ist ja… das ist ja… ein Skandal! Festnehmen hätte ich den sollen! Allein schon für seine blöden Sprüche!"

Was Wollmeier an dieser Stelle verschwieg, war, dass der Gießermeister und sein Helfer gefühlt doppelt so groß wie er gewesen waren und dass er den lang vorbereiteten Bronzeguss durch sein rumpelstilzchenhaftes Auftreten tatsächlich gefährdet hatte. Zuerst hatten ihn die Männer noch erstaunt gemustert, was sich aber sehr schnell in

Unmut wandelte, als sich Wollmeier daran machte, die Gießerei „nach Indizien" zu durchsuchen. „Aber ich habe noch einmal Gnade vor Recht ergehen lassen. Viel helfen konnten mir die Leute da sowieso nicht. Ganz schlichte Gemüter waren das." Und außerdem war er ganz froh gewesen, die Hitze und den Schmutz der Gießerei hinter sich lassen zu können.

Dank einer gekonnten Neun-Finger-Tipptechnik („Ich hab mich gestern in den Zeigefinger geschnitten!") hatte Jonas schnell die Daten im Polizeicomputer abgeglichen und erstattete Bericht. „Es gab insgesamt einundzwanzig Aufträge für große Bronzestatuen, davon allein acht in unserem Bundesland. Und alle acht wurden gestohlen! Bei den Einbrüchen wurde sonst nichts entwendet. Noch nicht einmal Bargeld oder Schmuck, was man bei diesen reichen Leuten doch erwarten würde."

Guntram fasste zusammen: „Wir haben es also mit acht riesengroßen, schweren Bronzestatuen zu tun, die anscheinend mühsam und gezielt bei reichen Leuten gestohlen wurden. Aber warum?"

„Vielleicht gibt es Kunstsammler, die die Pferde gezielt klauen ließen? GAULL hat ja gesagt, dass er nur Unikate fertigt", meinte Jonas.

„Drogenschmuggel?" Das war natürlich Wollmeier. „Oder der Dieb hatte keine Ahnung, was die Dinger wirklich wert sind und hat sie an einen Schrotthändler verkauft, der sie einschmelzen lässt."

„Ok. Wollmeier, Sie finden heraus, wie man unauffällig zirka drei mal drei Meter große, zentnerschwere Kunstwerke mit Drogen füllen und ins Ausland schmuggeln kann und klappern danach die Schrotthändler ab, wo Sie sich unauffällig umsehen. Nehmen sie den Azubi mit, der muss mal an die frische Luft. Und ich werde mich über den Kunstmarkt informieren, und zwar speziell über Sammler von großen Bronzestatuen."

***

Bella und Blacky waren ausnahmsweise nicht vorbeigekommen, um bei uns Heu zu schnorren und ihre kruden Pläne weiter zu schmieden. Wahrscheinlich arbeiteten sie zuhause an ihrer Beziehungskrise. Das war zur Abwechslung auch mal ganz schön.

Ich hatte ausgedehnt gefrühstückt, in Faxes Decke gebissen und gedöst. Nun kam der krönende Abschluss – eine Wälzorgie im Schlamm. Ich führte die obligatorische Bodenanalyse durch, um die passende Wälzstelle zu finden. Die Bodenkonsistenz ist dabei ganz wichtig und muss sorgfältig überprüft werden. Mit anderen Worten: Ich scharrte. Bis mein Huf eine harte Kante berührte.

Mein Ermittlergeist erwachte. Ganz offensichtlich verbarg sich ein rätselhaftes Objekt unter dem matschigen Sand. Was mochte es sein? Ein Schatz? Eine Futterkiste? Zielstrebig scharrte ich weiter, bis mehr von der eckigen Struktur frei lag. Sie war recht groß und gelblich und gehörte so gar nicht auf unseren Paddock.

„Nicht!" Faxe eilte herbei.

„Was nicht?" Wenn sich ein Tinker schnell bewegt, ist irgendwas nicht in Ordnung. Ich war irritiert.

„Pssssst!" machte Faxe.

„Ich muss gar nicht Pipi", antwortete ich verwirrt.

Soweit ich das durch seinen zotteligen Schopf erkennen konnte, verdrehte er die Augen. „Sei doch leise. Es darf doch keiner wissen, dass du gerade das Bernsteinzimmer gefunden hast."

Überrascht und auch ein wenig dankbar sah ich ihn an. Faxe hatte unaufgefordert ermittelt und sogar etwas herausgefunden! Es kommt nicht oft vor, dass mein getreuer Adlatus so gute Arbeit leistet. Oder überhaupt in irgendeiner Weise tätig wird. Da muss man dann auch darauf eingehen. Ich räusperte mich also und sprach wie folgt: „Gute Arbeit, Faxe! Daumen hoch – also quasi. Jetzt sag mir nur noch, was dieses Bernsteinzimmer auf unserem Paddock macht. Es stört mein Wälzverhalten."

Faxe wies mit einer ausladenden Geste darauf hin, dass der Paddock groß wäre. Und zwar richtig, richtig groß. Eventuell würde ich auch woanders eine geeignete Wälzstelle finden. Vielleicht sogar direkt an der Heuraufe.

Das waren ja ganz neue Aspekte. Wälzen und dabei essen, sowas kann nur einem Tinker einfallen. Interessiert beschloss ich, das direkt einmal auszuprobieren. Experimente erweitern den Horizont kolossal.

Im Hintergrund liefen Kikis Vater, der Besitzer des Petershofs und somit unser Vermieter, und ein Besucher in Cordhose und Gummistiefeln vorbei. Vater Peters deutete gerade auf unseren Paddock und erklärte: „Und dort drüben standen die alten Schafsställe. Von denen sind nur noch die Fundamente im Boden übrig."

Wenn du wüsstest, dachte ich mir und wälzte mich direkt nochmal.

Später im Stall erzählte ich Stuti von meiner geheimnisvollen Entdeckung.

„Das Bernsteinzimmer hast du gefunden?" Sie klang ungläubig.

„Aber sag's nicht weiter. Sonst will jeder eins."

Sie war beeindruckt, das konnte ich sehen, versuchte aber, das nicht zu zeigen. Sie ist so süß, wenn sie einen auf cool macht.

„Aber nein. Ich schweige." Sie deutete eine Reißverschlussgeste zu ihrem entzückenden Mäulchen an. Ich lächelte versonnen. *Das ist mein Mädchen.*

„Und sonst so, Mr. Marple?", fragte sie mit einem niedlichen Zwinkern.

„Bond", korrigierte ich. „James Bond." Woher sollte sie das auch wissen, das kleine Dummerchen.

„Nein, nein, ich meine schon dich", lächelte sie zuckersüß.

„Du kannst auch Pfridolin sagen. Wie bisher. Oder Pferd. Pfridolin Pferd. Das ist mein Künstlername", erklärte ich.

Else wieherte dröhnend und machte die romantische Stimmung zunichte. „Du süßer kleiner Schlingel hast heute WAS gefunden?"

„Siehst du, es geht schon los", sagte ich anklagend zu Stuti. „Und es ist allein deine Schuld." Und zu Else gewandt: „Das ist Top Secret, Häschen."

„Findest du etwa, ich sehe wie ein Karnickel aus?"

Nun ja, sie hat tatsächlich sehr viele und sehr große Zähne und zusätzlich noch ein schnelles

Hinterbein. „Es ist doch nur…" versuchte ich zu beschwichtigen.

„Was? Was ist es nur?", wollte sie wissen.

Der Angstschweiß perlte auf meiner Stirn, als mir einfiel, dass Romeo, der selbsternannte Dressurcrack, gerade auf dem Reitplatz arbeiten musste. „Else, du magst doch schwitzende Sportler, oder?"

„Wie kommst du denn jetzt darauf?", wollte sie wissen.

„Egal", winkte ich ab. „komm mit, ich muss dir etwas zeigen!"

Wir gingen auf unsere Boxenpaddocks und da war er – Romeo, der Traum Elses schlafloser Nächte, der in einer makellosen Trab-Traversale an uns vorbeischwebte.

„Gleich kommt Galopp", hauchte Else.

Und dann passierte es.

Sara Silberblad war tot. Einfach so. Gerade hatten wir noch dem doofen Angeber-Romeo bei seinen Dressurkunststücken zugesehen, als seine Reiterin in einer gekonnten Galopptraversale mitsamt Sattel wie ein Stein vom Pferd fiel, einen halbherzigen Versuch machte, sich abzurollen und mit dem Genick zuerst auf dem Boden aufkam. Der Sattel mit dem losen Gurt landete neben ihr. Romeo erschrak, hüpfte meterhoch, was ihm keiner verdenken konnte, und raste wie vom wilden

Affen gebissen über den Reitplatz. Wer sich dagegen gar nicht mehr bewegte, war Sara.

Die Zuschauer, die bei dem herrlich sonnigen Wetter in Decken eingemummelt auf den Stühlen neben dem Reitplatz gesessen und Mensch und Tier bei ihren mehr oder weniger sportlichen Aktivitäten zugesehen hatten, kamen mit unterschiedlicher Geschwindigkeit auf die Beine.

Constantin flog förmlich auf den Reitplatz und war als erster bei der Toten, gefolgt von Dana und Melanie. Erschüttert kniete er neben Sara und drehte sie vorsichtig auf den Rücken.

„Atme, du musst atmen!", beschwor er sie und begann mit Mund-zu-Mund-Beatmung.

Dana und Melanie hatten unterdessen Romeo eingefangen und den Sattel aufgehoben.

„Habt ihr einen Krankenwagen gerufen?", fragte Melanie die Zuschauer. „Dann könnt ihr gleich noch die Polizei dazu holen, die brauchen wir nämlich auch. Jemand hat am Sattelgurt herumgeschnibbelt."

Dana ließ vor Schreck Romeo los. Irgendwie konnte sie sich nicht an die Leichen gewöhnen, die seit einiger Zeit ihr Leben begleiteten [1]. „Mir wird ganz schwach", teilte sie mit und setzte sich in den Sand.

„Bitte noch einen Krankenwagen", kommandierte Melanie ungerührt, ließ den Sattel wieder fallen und griff sich Romeo.

„Das mag ich so an dir. Deine Empathie und dein Einfühlungsvermögen", giftete Dana und rappelte sich wieder auf. Während die anderen Reiter nach und nach den Reitplatz verließen, um nicht im Weg zu sein, stellte sie sich neben Constantin und gab ihm Instruktionen für die Herzdruckmassage.

„Du musst hier drücken", zeigte sie ihm. „Am besten im Rhythmus von *Stayin' Alive*. Kennst du doch, oder?" fragte sie, um dann unvermittelt loszusingen. „Ah, ha, ha, ha, stayin' alive, stayin' alive! Ah, ha, ha, ha, stayin' ALAHAHAAHAAHAAHAAIF!"

Die verbliebenen Zuschauer sahen sich verstört an. Auch Constantin zeigte wenige Anzeichen von Dankbarkeit. Gottseidank kam in diesem Moment der erste Krankenwagen. Die sprangen aus dem Fahrzeug und eilten zu Sara. Constantin hatte erfolglos versucht, sie

---

[1] Pfridolin Pferd: *Tod im Misthaufen* und *Tödlicher Tierarzttermin*

aufzurichten, aber der schlaffe Körper war wieder in den Sand gesunken.

„Wie ein nasser Lappen. Die arme. Wo sie doch immer so nett war", teilte Dana Melanie in dem ihr eigenen durchdringenden Flüsterton mit.

„Ja, und so fröhlich. Ahahaha-hi", machte Melanie leise Saras silberhelles Lachen nach.

Sanitäter und Notarzt machten sich an Sara zu schaffen. Constantin saß ein Stück von ihnen entfernt im Sand des Reitplatzes und rang die Hände.

„Der schöne Anzug", kommentierte Melanie und half ihm auf. „Komm, wir gehen zum Krankenwagen und lassen dir etwas zur Beruhigung geben." Romeo hatte sie natürlich wieder losgelassen.

„Mir geht es gut", log Constantin wenig überzeugend, ließ sich aber von ihr wegführen. So bekam er zum Glück nicht mit, wie der Notarzt kopfschüttelnd aufstand und sich die Einmal-Handschuhe auszog.

„Ist sie ….?", fragte Dana, die Romeo wieder eingesammelt hatte.

„Ja", sagte einer der Sanitäter. Geistesgegenwärtig griff er nach Romeos Zügeln, die Dana in ihrer momentanen Verwirrung wieder losgelassen hatte.

„Und dabei war sie immer so nett", sagte Dana und sah auf Saras Leiche herab. Der Sattel lag noch dort, wo ihn Melanie fallengelassen hatte.

„Der Sattelgurt muss gerissen sein. Oder er ist durchgeschnitten worden", vermutete der Sanitäter und nieste. „Pferdeallergie", erklärte er. Und: „Genickbruch."

„Macht ja nix", erwiderte Dana automatisch und nahm ihm Romeo wieder ab. Der hatte sich mittlerweile mit seinem Dasein als Wanderpokal abgefunden und machte keine Anstalten mehr, wegzulaufen. „Und Sie jetzt so?"

Der Sanitäter schnäuzte sich geräuschvoll in sein Taschentuch. Dana wartete geduldig. Hinter ihr ertönte ein Räuspern. Sie drehte sich um.

„Wir übergeben an die Polizei, die praktischerweise schon da ist", erklärte Guntram, der gerade angekommen und aus dem Streifenwagen gestiegen war. Er begrüßte Dana und nahm ihr Romeo ab, um ihn an seinen Mitarbeiter Siggi Wollmeier weiterzureichen. Verbunden mit der launigen Aufforderung, Beweisstück A mal kurz zu sichern. Wollmeier guckte giftig. Beweisstück A bleckte sein gelbes Gebiss und trat ihm zielsicher auf den Fuß.

Guntram trat neben Dana und betrachtete die Leiche.

„Sie war immer so nett", wiederholte Dana.

„Das hilft ihr aber jetzt auch nicht mehr weiter. Ist sie eigentlich immer ohne Kappe geritten?"

„Ja, weil sonst die Frisur leidet." Sie betrachteten Saras kunstvolle Flechtfrisur. „Die Kappe hätte aber auch keinen Unterschied gemacht, oder?"

Guntram schüttelte den Kopf. „Wenn einem jemand den Sattelgurt durchschneidet, nicht. Noch dazu ist sie eine zierliche Person und das Pferd – es ist Romeo, nicht? – ein ziemlicher Riese."

„Bei einem Sturz sind die ersten zwei Meter die schlimmsten,", erklärte der Sanitäter. „Weil man sich da einmal gedreht hat. Sie muss annähernd senkrecht mit dem Genick aufgekommen sein und sich selbiges gebrochen haben." Jetzt, wo kein Pferd mehr in der Nähe war, konnte er wieder in ganzen Sätzen sprechen.

„Und das ist Beweisstück B", verkündete Dana und wies auf den Sattel. Der Gurt war nur auf der linken Seite daran befestigt.

Guntram zog Einmalhandschuhe an und betrachtete das rechte Ende des teuren Lammfellgurtes. „Die Schnallen fehlen. Ah nein, sie hängen noch am Sattel. Hier, in den Gurtstrupfen. Die Nähte, mit denen die Schnallen am Gurt befestigt waren, sind sauber durchtrennt worden. Wahrscheinlich bis auf die letzten ein, zwei Stiche, so dass die Naht gerade noch hielt, es aber nur eine Frage der Zeit war, bis die Nähte durch waren, so dass sich der Gurt sich vom Sattel löst. Heimtückisch."

Romeo war zurück in seiner Box. „Und dann hab ich eine Galopptraversale gemacht. Und dann war der Sattel weg. Und dann war Sara auch weg. Und dann bin ich weggelaufen. Und dann war das Auto mit der blauen Lampe da. Und dann bin ich wieder weggelaufen. Und dann …"

Ich konnte es nicht mehr hören. „Hallo Dumpfbacke, ich hab selber gesehen, was passiert ist."

„Nun lass ihn doch. Der Arme steht unter Schock", giftete mich Else an. Und zu Romeo fürsorglich: „Du armer Schatz. Das war sicher sehr schlimm für dich!"

„Voll krass. Der arme Romeo. So schön und sportlich und so allein", zwitscherte Stuti.

„Jetzt fall du mir auch noch in den Rücken. Ich ermittle hier in einem Mordfall! Da kommt es nur auf Fakten an, hörst du? Fakten, Fakten, Fakten. Da muss der arme, schöne Romeo mal ein paar krasse Fakten ausspucken, damit euer aller Lieblingspfridolin den Mörder seines Frauchens fangen kann."

„Ist sie … ist sie etwa … tooo-hooo-hooot?", schluchzte Romeo.

„Wir haben es ihm extra nicht gesagt", wandte sich Else zornig zu mir um. „Weil er so sensibel ist und so sehr an ihr hing. Das hast du ja toll hingekriegt, du Trampel!"

„Wie blöd muss einer sein, dass er nicht mitkriegt, wenn jemand von einem runterfällt und sich das Genick bricht?", wandte ich mich ans Universum und an Else im Besonderen.

„Toooo-hoooo-hoooot", schnuffelte Romeo leise. Sogar Faxe guckte verständnisvoll. „Sara und er haben sich wirklich sehr gemocht. Ich glaube, du solltest ihm etwas Zeit geben, damit er das verarbeiten kann."

„Ich kann doch bei meinen Ermittlungen keine Rücksicht darauf nehmen, ob jemand ein Weichei ist oder nicht", wandte ich ein. Ich meine, logischer geht's nicht. Das war glasklar und sachlich – genauso, wie mein Verstand arbeitet.

„Weißt du, was ich so sehr an dir mag?", fragte mich Stuti. Ich lächelte geschmeichelt und nickte auffordernd.

„Deine einfühlsame Art", sagte sie und streckte mir die Zunge raus. Sie drehte sich um und fuhr fort, gemeinsam mit Else den armen Romeo zu bedauern.

Ja nun. Ich war ja Kummer gewohnt und machte mir einfach mal spontan eine Aufstellung für die weiteren Ermittlungen.

Vergessen waren Bella und Blacky und ihre kleinkriminellen Aktivitäten. Wobei die ja schon irgendwie niedlich waren. Aber mit so etwas gibt sich ein Verbrecherjäger meines Kalibers nicht ab. Hier ging es schließlich um Mord, da konnten die beiden Möhrendiebe nicht mithalten. In wohlgesetzten Worten informierte ich meine Stallmitbewohnerinnen und -mitbewohner über meine Pläne. Wider Erwarten brandete kein Beifall auf. Natürlich nicht, schalt ich mich selbst ob meiner Erwartungshaltung. *Gib ihnen Zeit, die sind halt langsam im Kopf. Ich fang halt einfach schon mal an, während die noch Fragezeichen auf der Stirn haben.*

Cui bono, das ist die Frage, die wir Ermittler uns immer stellen. Also: wer hatte einen Vorteil durch Saras Tod?

Die Frau, weil sie doch immer so neidisch auf Saras Reiterei war und sich das jetzt nicht mehr angucken musste.

Constantin. Falls es was zu erben gab, würde er das bekommen.

Das waren immerhin schon zwei Verdächtige:

1. Dana Dirksen

„Geht das auch was leiser?", meckerte Else.

„Nein", antwortete ich.

2. Constantin Silberblad

3. Alle anderen. Wenn man lang genug sucht, hat bestimmt jeder ein Motiv.

Das nenn ich mal gründliche Arbeit und schnelle Ergebnisse.

„Das heißt, du bist auch dabei, Else-Schatz", lächelte ich ihr zu. Sie zeigte mir ihre großen gelben Zähne und ich strich Punkt 3 vorübergehend von meiner mentalen Liste.

„Was ist mit Frau Reitlehrerin? Die freut sich doch bestimmt, wenn ihr Sara jetzt nicht mehr dauernd dazwischen pfuscht", schlug Stuti vor. Sie hatte anscheinend keine große Bindung zu ihrer toten Besitzerin aufgebaut. Ganz im Gegensatz zu Romeo, der zwischendurch immer noch leise „tooooo-hoooo-hoooot" machte.

Ich ergänzte die Liste um

3. *Kiki Peters.*

„Sonst noch wer?" Ich sah mich um.

„Das kannst du ja den lustigen kleinen Mann da fragen, der so wichtig guckt", schlug Faxe vor.

„Genau wie du", gluckste Else, die sich fast an ihrem Gekicher verschluckte.

Bei dem lustigen kleinen Mann handelte es sich um Polizeiobermeister Siggi Wollmeier, dessen Blutdruck seit dem Betreten dieses fürchterlichen Reitstalls unaufhaltsam gestiegen war. Er hasste die Natur, er hasste Tiere und vor allem hasste er Pferde. Und wenn es eins gab, das ihm noch mehr zuwider war, dann waren das die Eigentümer dieser Tiere. Er zog ein Gesicht bis zum

Fußboden und versuchte, seinen Blutdruck durch Atemübungen in Schach zu halten. *Eins-zwei-drei-vier einatmen, eins-zwei-drei-vier ausatmen.*

John-Boy, die furchtbare alte Nervensäge, hatte beschlossen, etwas zur Auflockerung der Situation beizutragen und intonierte ein Lied, das früher einmal ein gewisser Heintje gesungen hatte. Es war ja schon schlimm genug, dass er dauernd schaurige alte Lieder sang, aber seine nervtötenden Anmoderationen zogen einem echt die Schuhe aus. Beziehungsweise Hufeisen.

„Klein sein, das ist schön

Groß sein noch viel schöner!

Darum möchte man, wenn man klein, endlich größer sein!" sang John-Boy, mit vielsagendem Blick auf den zu kurz gewachsenen Polizeibeamten.

„Was macht dieses schreckliche Pferd da für einen Krach? Ist ja furchtbar!", beklagte der sich bei niemandem im Besonderen.

John-Boy warf einen spöttischen Blick auf Wollmeiers 167 Zentimeter und zwinkerte Stuti schelmisch zu. Die kicherte anmutig. Für Wollmeier hörte sich das alles an wie Rumkrakeelen, vulgo: Wiehern. Schlechtgelaunt musterte er die beiden Spaßvögel. Stuti klappte die Ohren neugierig nach vorn und sah auf ihn herunter. John-Boy hangelte sich weiter im Text entlang, bis er wieder am Refrain angekommen war. „Klein sein, das ist schön, ..."

In einem Punkt waren Wollmeier und ich uns einig: John-Boy war furchtbar. Punkt. Steinalt, senil und hinter allen Stuten her, die nicht bei drei auf dem nächsten Baum waren. Aber das Schlimmste war, dass die ihn trotzdem „charmant" fanden und ihm „genug Ausstrahlung für drei von deiner Sorte" bescheinigten. Pah. Wenn ich mich so im Mist wälze wie John-Boy, hab ich auch Ausstrahlung. Da stinkts dann sogar bis nach Meisenwald, das finden die Mädchen aber komischerweise wieder eklig. Stuten. Man kann nicht mit ihnen, aber ohne sie auch nicht.

Wollmeier war auf der Suche nach vernehmungsfähigen Zeugen und hatte sich verständlicherweise wieder davongemacht. Gut, so konnte ich ungestört weiterermitteln.

„Wir haben also jetzt mehrere Verdächtige. Jetzt müssen wir nur noch herausfinden, wer sich an Romeos Sattelgurt zu schaffen gemacht hat und woila!"

„Woila?", fragte Stuti.

„Voilà", übersetzte Else. Stuti kicherte. Wie süß sie doch war, wenn sie etwas nicht verstand!

„Dann haben wir den Mörder", erklärte ich ihr.

Guntram hatte eine kurze Lagebesprechung gehalten und Siggi Wollmeier sowie Jonas Schöller damit beauftragt, herauszufinden, wo sich die einzelnen Anwesenden während Saras Todessturz aufgehalten hatten. „Außerdem geht es um das Übliche, ihr wisst schon. Wer mit wem und vor allem wer gegen wen. An der Oberfläche ist hier alles Friede, Freude, Eierkuchen, aber ich wette, wenn wir ein bisschen an der Oberfläche kratzen, finden wir ein Mordmotiv. Parallel warten wir auf das Ergebnis der kriminaltechnischen Untersuchung, aber davon verspreche ich mir ehrlich gesagt nichts. Die Sattelkammer steht den ganzen Tag offen und jeder, der will, kann hineingehen und sich an einem der Sättel zu schaffen machen. Und natürlich ist in der Sattelkammer die DNA von halb Meisenwald verteilt."

6

Auch POM Wollmeier nimmt die Ermittlungen auf – Manna - Zeugenvernehmung im Gutshaus -Eine Demo wird vorbereitet – Die Wachsamen Weganer – Berti Schlammi ist einer von den Guten

Also war Polizeiobermeister Wollmeier losgezogen, um zu ermitteln und schließlich in Kikis Offenstall gelandet. Hier lebten ihre Schulpferde, und hier hielt auch sie sich meistens auf, wenn sie nicht gerade Reitunterricht gab.

„Frau Peters, was können Sie mir zu Frau Silberblads tödlichem Unfall sagen? Sie standen ja in der Nähe des Reitplatzes und haben alles gesehen."

„Na ja", wand sich Kiki. „Viel zu sehen gab's ja nicht. Sara ritt eine Galopptraversale – übrigens mit zu viel Seitwärts, das Vorwärts ging verloren – und zack! war sie mitsamt Sattel unten."

Wollmeier beschloss, sich nicht mit allzu vielen Details zu belasten und fragte nach den Reaktionen der anderen Anwesenden. Immerhin, so sein Gedanke, war es möglich, dass derjenige, der den Sattelgurt auf derart perfide Art manipuliert hatte, sein Opfer beobachtete und darauf wartete, dass sich auch der letzte Stich der aufgetrennten Naht löste. Und möglicherweise zeigte derjenige eine ungewöhnliche Reaktion auf Saras Tod.

Was POM Wollmeier, zu dessen seltsamen Angewohnheiten es gehörte, nicht nur das Klopapier von der Diensttoilette zu klauen (mit der Begründung „Ein Polizeibeamter ist immer im Dienst"), sondern auch Würfelzucker aus der Kantine mitgehen zu lassen („Ein Polizeibeamter ist immer im Dienst und weiß nie, wann er mal Zucker braucht"), nicht wusste, war, dass die Tasche seiner stets frischgebügelten Uniform ein Loch hatte. Nicht groß, aber groß genug, dass von Zeit zu Zeit ein Stück Würfelzucker hinausfallen konnte, wo es von Bella verschlungen wurde. Sie und Blacky hatte es mal wieder nicht zuhause gehalten und nun lungerten sie auf dem Petershof herum. Blacky inspizierte gerade die Tür zur Futterkammer und Bella war allein mit sich und ihren gefräßigen Gedanken, als - oh Wunder - Manna vom Himmel fiel. Zuckerstückchen für Zuckerstückchen verfolgte sie Wollmeier und hielt sich geduldig im Hintergrund, während der mit Kiki sprach.

„Wie die anderen auf Saras Sturz reagiert haben? Constantin – also Saras Mann - war als Erster bei ihr. Er war natürlich fix und fertig. Als nächstes kamen Dana und Melanie dazu. Die anderen, die dort waren, haben den Krankenwagen gerufen. Das waren Marie …. und … und andere Pferdebesitzer. Die Namen fallen mir aber gerade nicht ein. Es war ja doch sehr aufregend."

Mit dieser Antwort gab sich Wollmeier nicht zufrieden. Kiki musste versprechen, die Namen nachzuliefern. Der kleine Polizeibeamte machte sich einen entsprechenden Vermerk in sein Notizbuch.

„Und wie war das Verhältnis zu Frau Silberblad? Hatte jemand einen persönlichen Groll gegen sie?"

„Also das kann ich absolut ausschließen", antwortete Kiki mit fester Stimme. „Frau Silberblad war eine sehr angenehme Kundin und bei allen beliebt. Bella, was machst du denn da?"

„Bitte was?", fragte Wollmeier. „Wenn sie den letzten Satz bitte noch einmal wiederholen würden, den habe ich noch nicht mitgeschrieben."

Bella, die sich fragte, wann es wohl das nächste Zuckerstück gäbe, stupste ihn an. Wollmeier sah herab und zuckte zurück. Eins von diesen schrecklichen Tieren hatte ihn berührt! Wobei – wenn er sich das genauer ansah, war es überraschend klein und fast niedlich. Bella stupste nochmal, ganz vorsichtig.

„Du bist aber klein! Und soooo niedlich! Sicher hast du Hunger."

Wollmeier hätte schwören können, dass sich seine und Bellas Augen für einen kurzen Moment begegneten. „Wo hab ich denn.... ah hier." Er holte einen Apfel aus der anderen Uniformtasche. „Den hab ich mir für später aufgehoben, aber dir schenk ich ihn." Mit der einen Hand hielt er Bella den Apfel hin, mit der anderen wuschelte er durch ihr weiches Fell.

Bella betrachtete ihn skeptisch. *Frechheit - ich lass mich doch nicht von jedem anfassen! Her mit dem Apfel und guck, dass du Land gewinnst! Ich bin nicht so eine.*

„Au, verdammtes Mistvieh! Es hat mich gebissen!" Anklagend sah er Kiki an und rieb sich die schmerzende Hand.

„Man soll ja auch keine fremden Pferde oder Ponies füttern", bemerkte die trocken. Bella hatte sich längst mit dem Apfel aus dem Staub gemacht.

„Kann ich sonst noch was für sie tun? Nein? Dann wünsch ich noch einen schönen Tag!"

„Und Sie hören noch von mir. Das ist ja Körperverletzung, ist das ja. Oder zumindest Beamtenbeleidigung." Wollmeier kam allmählich auf Betriebstemperatur. Schlechtgelaunt ließ er Kiki stehen und stapfte auf der Suche nach anderen Zeugen in Richtung eines anderen Stallgebäudes, wo ihn allerdings Bella und Blacky mit angelegten Ohren vertrieben. Blacky hatte einen schlecht gesicherten Möhrensack gefunden und tat sich gemeinsam mit Bella daran gütlich. Weitere Mitesser waren unerwünscht. Wollmeier beschimpfte die Minishettys, die das aber mit stoischer Ruhe über sich ergingen ließen.

Nachdem er sich davon überzeugt hatte, dass auch hier kein Mensch steckte, wanderte er sehr langsam Richtung Reithalle. Sein Funkgerät hatte bereits mehrfach geknackt, was er bisher souverän ignoriert hatte. Lustlos friemelte er es aus der Brusttasche.

„Wollmeier, wo stecken Sie denn? Kommen Sie mal hurtig ins Wohnhaus und helfen uns bei der Vernehmung!"

Typisch Chef. Man selbst arbeitet sich halbtot und der feine Herr Fritz sitzt am Esszimmertisch im Wohnhaus und trinkt Kaffee, dachte Wollmeier.

Jonas und Guntram hatten die anwesenden Reiter und Besucher – es waren dann doch nicht ganz so viele – vor sich her in Richtung Reithalle getrieben.

„Sven ist noch mit der Tafelrunde auf dem Springplatz. Um die kümmern wir uns später. Die werden schon nicht weglaufen. Und wenn doch, weiß ich, wo sie wohnen", erklärte Guntram.

Leider prangte an der Tür des Reiterstübchens ein Schild „Wegen Renovierung geschlossen". Er schlug sich vor die Stirn. „Stimmt ja, Sven hatte davon gesprochen. Also weiter, mir nach." Guntram steuerte das Gutshaus an, in dem Familie Peters lebte. Kikis Mutter stand schon in der geöffneten Eingangstür. „Na dann kommt mal rein und setzt euch an den großen Tisch."

Und das war er wirklich. Also groß. Ein Mordstrumm aus dunkler Eiche, an dem locker zwanzig Personen Platz fanden. Familie Peters war nämlich gastfreundlich und großzügig, und mittags aßen alle Angestellten und Arbeiter zusammen mit der Familie und eventuellen Gästen.

Guntram sah sich um. Wegen des guten Wetters waren viele Einstaller des Petershofs ausgeritten. Wer war denn überhaupt da? Melanie, Dana und Marie. Dann noch Elisabeth Langhof, genannt Lissy, Konrads Besitzerin. Eine sportlich-ehrgeizige Reiterin, die es aber trotzdem schaffte, sympathisch und nett zu sein. So ähnlich wie Sara, die aber immer noch einen Tacken netter und hilfsbereiter gewesen war. Die Ermittlungen würden noch lustig werden, denn Guntram konnte sich beim besten Willen kein Mordmotiv vorstellen. Constantin hatte vom Notarzt ein Beruhigungsmittel bekommen und war von Vater Peters nach Hause gebracht worden.

Sein Blick wanderte weiter den Tisch herunter. Dort saß Mareike Adler. Ihr gehörte Lisette, die Leitstute der Stutenherde. Lisette war praktisch in Rente und Mareike besuchte sie nur zum Füttern und Liebhaben. Und dann drei neue Gesichter. Das waren die drei neuen Einstallerinnen, die pünktlich zum Monatsanfang mit ihren Pferden umgezogen waren. Wie hießen die doch gleich?

Lara und Nele fiel ihm gerade noch ein, der dritte Name fehlte. Egal, sie würden ohnehin von allen die Personalien aufnehmen. Das war Wollmeiers Job. Er nickte ihm aufmunternd zu. „Dann mal los, Siggi", sollte das heißen.

Zuerst sprach er aber noch einige Worte. Er erklärte, dass die Kollegen Wollmeier und Schöller gleich im Nebenraum die Personalien aller Anwesenden aufnehmen werde. Frau Peters guckte irritiert. „Ihr wollt doch wohl nicht mit euren Stallsachen ins Wohnzimmer gehen?"

Kleinlaut zogen alle die Schuhe aus und deponierten sie auf der Fußmatte.

„Vorher aber", fuhr Guntram fort, „bitte ich euch, mir auf dieser Skizze, die der Kollege Schöller soeben gefertigt hat, einzuzeichnen, wo ihr euch während des Sturzes aufgehalten habt."

„Das ist doch wohl totaler Quatsch", erklärte Dana. „Es weiß doch sowieso keiner, wann Saras Sattelgurt durchgeschnitten wurde. Der

Mörder wird das ja wohl kaum gerade eben gemacht haben."

Guntram wand sich. „Ja, aber vielleicht doch. Man weiß es eben nicht."

Dana schnaufte böse, sagte aber nichts mehr. Hoheitsvoll malte sie ein dickes X auf den Reitplatz.

„Du warst aber mehr so seitlich", erklärte Melanie mit nachdenklich gefurchter Stirn. Etwa hier", und malte ein neues X auf Jonas' Skizze.

„So weit weg vom Platz auch nicht. Du warst hier", erklärte Dana und malte ein neues X „und ich vielleicht doch mehr hier drüben." Sie zeichnete ein neues X und malte es mehrfach nach.

„Ich war gar nicht da, sondern hier", stellte Melanie fest und griff sich den Stift. „So", sagte sie zufrieden, als sie ein weiteres X gezeichnet hatte.

„Da hab ICH gesessen. Nicht du", wandte Marie ein. „Ich war bei E. Und du mehr in Richtung K." Sie malte 2 weitere Kreuze auf den Plan und versah das Dressurviereck mit den Buchstaben C, M, B, F, A, K, E und H, wobei sie leise murmelte „**C**hef, **M**ein **B**rauner **F**risst **A**bends **K**einen **E**imer **H**eu. Und **X** ist in der Mitte." Gesagt – getan. Nun prangte auch in der Mitte des Reitplatzes ein Kreuz.

Guntram fühlte sich mit einem Mal sehr, sehr müde und stützte seinen Kopf in die Hände.

Lissy hatte Maries Zeichnung wohlwollend betrachtet. Nun sagte sie: „Sara ist etwas hinter X gestürzt. Die Traversale war auch mit zu viel Seitwärts ausgeführt. Das Vorwärts fehlte."

Guntram sah auf. Auf seiner Stirn erschien ein Fragezeichen. Lissy erklärte: „Eine Traversale ist eine Vorwärts-Seitwärts-Bewegung. Sara hatte das innere Bein nicht genug dran."

Die anderen Reiterinnen nickten. Bis auf Susa. Das war die, deren Namen Guntram nicht eingefallen war. Statt zuzuhören, tauschte sie verliebte Blicke mit Jonas aus. Man war sich offensichtlich spontan sympathisch. Jonas wurde zartrosa, was Susa anscheinend gut gefiel.

Nun war der Stift bei Mareike angekommen. Unschlüssig drehte sie ihn zwischen ihren Fingern. „Ich weiß gar nicht genau, wo ich war, als es passierte."

Das war irgendwie klar. Mareike war die Schusselkönigin des Petershofs. Dabei war sie nicht einfach vergesslich, sondern so konsequent geistesabwesend, dass sie einmal mit offenen Augen gegen einen Laternenpfahl gerannt war. Glücklicherweise legte sich das beim Reiten, da hatte sie deutlich mehr Kontakt zur Realität.

„Hm, hm, hm", machte Mareike nachdenklich. „Ich glaube, in der Futterkammer. Ja, jetzt weiß ich es wieder. Ich war in der Futterkammer, habe Lisettes Abendessen angerührt und bin beim Rausgehen mit Sven zusammengestoßen." Erleichtert sah sie auf. „Ich habe ein Gedächtnis wie ein Sieb, aber das wisst ihr ja." Sie malte ein X auf die Stelle im Plan, an der sie die Futterkammer vermutete. „Jetzt du, Lara!"

Die junge Frau malte ein X dorthin, wo sich schon mehrere andere Kreuze über- und nebeneinander tummelten und verzierte es mit einem „L". Klar, warum nicht noch mehr Buchstaben?, dachte Guntram müde, hütete sich aber, etwas zu sagen.

Nun war Nele an der Reihe. Die hatte bisher die Zähne nicht auseinandergekriegt und an ihrem Handy herumgespielt. Deshalb reagierte sie auch nicht, als ihr Lara den Stift hinhielt und sie auffordernd ansah. Erst als die sie knuffte, hörte sie auf zu tippen und guckte mürrisch vom Display hoch.

„Na, mit wem schreibst du denn gerade?", fragte Lara.

„Sag ich dir nicht, aber er ist toll!", war die Antwort.

„Wenn du gerade mal Zeit hättest, in den Plan einzuzeichnen, wo du zu der Zeit warst, als Sara vom Pferd gestürzt ist?", fragte Guntram mit mühsam geheuchelter Freundlichkeit. „Und die anderen können schon mal nacheinander nach nebenan gehen und dort den Kollegen Wollmeier und Schöller ihre Personalien geben."

Siggi Wollmeier erhob sich. „Komm, Jonas. Dann lass uns mal arbeiten. Und Sie beide kommen direkt mal mit." Er warf einen strengen Blick auf Melanie und Dana, die ihm artig folgten.

Nele lutschte an Guntrams Kuli und überlegte angestrengt. „Weiß ich gar nicht. Ich meine, ich weiß doch nicht, wann Sara vom Pferd gefallen ist, weil ich es nicht gesehen habe."

„Wo warst du denn, kurz bevor der Krankenwagen kam?", verfolgte Guntram einen anderen Ansatz.

„Ich hab mich mit jemand getroffen. Ich sag aber nicht, mit wem."

„Sagst du uns wenigstens, wo?", bat Guntram entnervt.

„Auf dem Parkplatz."

„Würdest du dann bitte ein Kreuz an die Stelle machen? Dankeschön."

Guntram machte sich mit seinem Reservekuli eine Notiz. Da er seine Sauklaue oft selbst nicht mehr entziffern konnte, hatte er sich angewöhnt, in Druckbuchstaben zu schreiben. NACHHAKEN, MIT WEM SICH NELE NERVENSÄGE GETROFFEN HAT. NEUEN KULI KAUFEN.

Nun war nur noch die Unbekannte übrig, die sich unaufgefordert und unkompliziert mit „Hei, ich bin die Susa und ich war hier" vorstellte und ohne weitere Umstände ebenfalls ein X auf den Parkplatz malte.

„Ah, ihr beide habt euch getroffen", kombinierte Guntram scharfsinnig.

„Als ob ich sowas nötig hätte", antwortete Nele spitz. Susa guckte verständnislos und erklärte, sie hätte etwas im Auto vergessen gehabt und Nele nicht gesehen. Außerdem wäre es ihr schnurzpiepsegal, mit wem sich die doofe Kuh getroffen hätte. Die würde ja ständig jemand anderen stalken. Die doofe Kuh verbat sich diese Anrede und Guntram war froh, als Dana und Melanie wieder auftauchten und er die zeternde Nele in die Obhut von Siggi Wollmeier geben konnte. Die dressurkundige Lissy durfte sie begleiten und sich von Polizei-Azubi Jonas zur Person befragen lassen.

In diesem Moment erschütterte ein dumpfes Rumsen das Haus. Alle stürzten ans nächste Fenster. Draußen stand ein großer blauer Trecker, dessen Fahrer entschuldigend winkte. „Hab mit dem Anhänger die Wendung nicht geschafft!", rief er Vater Peters zu, der inzwischen von der Villa Silberblad zurückgekehrt war und vergeblich versucht hatte, den Traktorfahrer einzuweisen.

„Danke für den Hinweis, das hätte ich sonst nicht gemerkt", kommentierte Vater Peters das Geschehen trocken. „Wenn du alles sofort zerlegst, leiht dir bald keiner mehr was! Erst schrottest du euren Anhänger, dann leih ich dir meinen und du kommst noch nicht mal vom Hof damit!"

Drinnen erlahmte das Interesse an dem Unfall schnell und wandte sich wieder der armen Sara und ihrem tragischen Tod zu.

„Und sie war immer so nett", erzählte Dana sicherheitshalber noch einmal.

„Ja, und so fröhlich. Ahahaha-hi!", machte Melanie Saras glockenhelles Gelächter nach.

„Vielleicht war es eine Verwechslung? Diese Dressursättel sehen doch irgendwie alle gleich aus."

„Der arme Romeo. Er hing doch so an ihr."

„Und Constantin erst."

„So eine schöne Frau und dann auch noch so ein lieber Mensch."

„Ein klitzekleines bisschen hat sie geschielt."

„Ja, aber das machte ihren besonderen Reiz aus. Sara Silberblick."

„Ahahaha-hi." Melanie und Dana seufzten wie aus einem Mund. Die anderen hatten diesen Wortwechsel stumm verfolgt und schienen erleichtert, als sich die Tür zum Wohnzimmer wieder öffnete, Nele und Lissy zurückkehrten und die nächsten zwei nach nebenan konnten. Marie und Susa nutzten die Gelegenheit. Guntram erklärte Dana, Melanie, Nele und Lissy für frei und machte sich daran, Mareike nach ihrem Nachnamen und ihrer Adresse auszuhorchen.

Und irgendwann war auch die gefühlt längste Zeugenvernehmung der Welt vorbei. Guntram sah entnervt auf die Hofskizze, die nur so von Kreuzen, durchgestrichenen Kreuzen und allerlei anderen Buchstaben wimmelte und seufzte. Er war allerdings ganz froh, sich das Kennzeichen des blauen Traktors notiert zu haben, denn offensichtlich war noch jemand anders auf dem Petershof gewesen. Letzten Endes hieß das eigentlich nur, dass hier jeder kommen und gehen konnte, wie es ihm passte. Er seufzte wieder.

***

„Also ich weiß nicht. Irgendwas fehlt noch." Helga Schmidtke legte prüfend den Kopf schief.

„Vielleicht etwas Blau? Hier oben, in die Ecke?", schlug Annemarie Deiters vor.

Beide betrachteten nachdenklich das von Helga gemalte Transparent. Auf einem Bettlaken standen die Worte „Finger weg von Meisenwald! Baut eure Autobahn woanders!" Blumen und Tiere rahmten den Text ein.

„Zeig mal deines. Ah ja, sehr schlicht. Auch irgendwie schön", urteilte Helga. STOPP A 666 – NEIN ZUR AUTOBAHN, las sie. „Das bringt es auf den Punkt. Sehr schön, das knallige Rot!"

„Davon war noch am meisten übrig", verteidigte sich Annemarie. „Du hast das ganze Grün und Blau verbraucht."

Die beiden standen in Helgas Garage und malten Transparente gegen den geplanten Autobahnbau. Dieter wuselte zwischen den noch unbemalten Bettlaken herum und war so niedlich, wie es nur ein spielender Dackel sein konnte.

Dana kam – bepackt mit Altpapier und Altglas – vorbei. Es war Samstag, also Zeit für den wöchentlichen Gang zu den Recycling-Containern. Gestern hatten sie und Guntram noch lange über Saras Tod und mögliche Mordmotive spekuliert, waren aber nicht weitergekommen. Das Rätsel um Neles mysteriösen Freund hatte sich dagegen rasch geklärt:

„Natürlich ist es Sven", hatte Dana erklärt.

„Und wieso bist du dir da so sicher?"

„Alle Mädels stehen auf ihn. Das ist einfach so. Weil er gut aussieht, ein bisschen tragisch guckt und geheimnisvoll schweigen kann."

„So einfach ist das? Ich glaube, ich habe in meinem Leben viel falsch gemacht." Guntram seufzte theatralisch. „Aber wieso hätte er sich mit ihr treffen sollen? Zu dem Zeitpunkt war doch

Springstunde. Da kann man als Reitlehrer ja nicht einfach weggehen und was anderes machen."

„Zumindest war er in der Futterkammer, weil ihn Mareike da gesehen hat. Und direkt vor der Tür ist der Parkplatz."

„Stimmt", hatte Guntram zugegeben.

„Vielleicht wusste er ja auch gar nicht, dass er ein Date mit Nele hat. So wie Susa gesagt hat, stalkt sie Leute, die sie interessant findet. Und da du ja ein hervorragender Beobachter bist, ist dir nicht entgangen, wie sie Sven anhimmelt."

„Apropos anhimmeln", hatte sich Guntram noch erinnert. „Wusste gar nicht, dass unser Azubi auch so ein geheimnisvoller Frauentyp ist. Hast du gesehen, wie Susa ihn angeguckt hat?"

„Ach komm, das war doch mehr so schwesterlich. Jonas hat doch noch Welpenschutz."

„Ich fürchte", hatte Guntram da gesagt, „wir müssen in die Niederungen der menschlichen Psyche herabsteigen, wenn wir unseren Mörder oder unsere Mörderin dingfest machen wollen. Der Täter..."

„Oder die Täterin!"

„... war mit Sicherheit kein Außenstehender. Nein, er oder sie wusste, in welche Sattelkammer er gehen und wie genau er den Sattelgurt beschädigen müsste, damit der Gurt wie immer aussieht und funktioniert und sich nach einigen Tagen plötzlich unter Belastung öffnet."

„Na super. Mit heimtückischen Leuten verbringe ich meine Freizeit am allerliebsten", hatte Dana geseufzt.

Nun stand sie mit ihrer Altglassammlung und dem Altpapierkarton vor Frau Schmidtkes offener Garage und bewunderte den Tatendrang der beiden älteren Damen. Vor lauter Nachdenken über Sara Silberblicks überraschendes Dahinscheiden hatte sie den geplanten Autobahnbau völlig verdrängt.

„Guten Morgen, die Damen!", grüßte sie. „So früh schon so fleißig?"

„Der frühe Vogel fängt den Wurm. Oder so", kicherte Helga Schmidtke. „Wir müssen uns jetzt gegen die Autobahn wehren, sonst ist es bald mit unserem schönen Meisenwald vorbei."

„Wegen mir hätte die Pläne auch keiner ausgraben müssen", seufzte Dana. „Die Planung ist doch völlig unzeitgemäß. Keiner hier braucht noch eine Autobahn."

„Es gibt ein aktuelles Verkehrsgutachten, wonach die A 666 keinen praktischen Nutzwert hat. Das prognostizierte Verkehrsaufkommen geht gegen Null. Es ist daher durch nichts zu rechtfertigen, Millionen an Steuergeldern zu verschleudern, um unsere Natur und unseren Ortskern zu zerstören", teilte Annemarie Deiters mit. Ihre Augen blitzten. „Und deshalb werden wir den Autobahnbau verhindern."

„Das wäre ein Traum! Und wie genau soll das vor sich gehen?", erkundigte sich Dana.

„Zuerst einmal müssen wir die Öffentlichkeit mobilisieren. Die lokale Presse ist ohnehin schon am Thema dran, aber wir müssen die überörtlichen Medien erreichen", erklärte die ehemalige Lehrerin. „Und das machen wir am besten mit großangelegten Protestaktionen. Helga und ich haben mit fast allen Anwohnern gesprochen und sie wollen alle mitmachen. Sie werden sich wundern, wen wir alles kennen. Der Kurti und der Klausi zum Beispiel, die Söhne vom alten Puvogel, arbeiten jetzt beide im Ministerium. Außerdem haben wir Freunde von außerhalb eingeladen." Hierbei bekam Frau Deiters' Gesicht einen nahezu schelmischen Gesichtsausdruck.

Auf Danas Nachfrage wollte sie aber nichts weiter sagen außer „Lassen Sie sich überraschen!"

Dann wechselte das Gesprächsthema zu Saras tragischem Tod. „Und sie war doch noch so jung! Der arme Mann", urteilte Helga Schmidtke und rief Dieter zu sich, um ihm ein paar Extra-Streicheleinheiten zukommen zu lassen. „Plötzliche Todesfälle machen mich immer ganz nervös. Weiß denn die Polizei schon, wer es war?"

Dana verneinte. Sie schilderte das trickreiche Vorgehen des Mörders. „Er hat die Naht, die die Schnallen mit dem Sattelgurt verbindet, fast komplett aufgetrennt, so dass sich die letzten Stiche bei der nächstbesten Gelegenheit gelöst haben. Von außen hat man nichts gesehen – sonst hätte Sara den Gurt ja nicht mehr benutzt. Und gestern haben sich dann die Schnallen und der Gurt voneinander getrennt, so dass der Sattel mitsamt Sara vom Pferd geflogen ist."

„Es war also jemand, der mit Nadel und Faden umgehen kann. Oder zumindest weiß, wie eine Naht funktioniert."

„Das engt den Kreis der Verdächtigen schon mal ein", fand Dana. Dann erinnerte sie sich an die angesägten Hochsitze und Guntrams Besuch bei Familie Schlammer. Wie hießen Eva Schlammers geheimnisvolle Feinde gleich noch? Ach ja, das waren die Wachsamen Weganer. Das sagte Annemarie Deiters leider gar nichts. Helga Schmidtke umso mehr.

„Das sind so junge Leute. Schüler und Studenten, die sich für Tiere und Umweltschutz einsetzen. Der Tommy Schlammer ist auch so einer. Der hat neulich Plakate gegen Pelzmäntel aufgehängt. Und davor hatte er es mit den Jägern, obwohl doch sein Vater selber einer ist. Der ahnt natürlich nichts davon, dass sein eigener Sohn gegen ihn und seine Kumpane gewettert hat. Obwohl – wenn man's recht nimmt, ist der Berti schon einer von den Guten."

Dana lauschte begierig. So erfuhr sie unter anderem, dass die Familie Schlammer seit

Generationen in Meisenwald ansässig war und bis vor etwa fünfzig Jahren die Wassermühle betrieben hatte. Der Nachname Schlammer wurde jedoch nur selten gebraucht und im allgemeinen Umgang schnell zum familiären „Schlammi". Die Schlammis waren immer geachtete Mitglieder der ländlichen Gemeinschaft gewesen. Auch Berti Schlammi stand seinen verdienstvollen Vorfahren in nichts nach. Er war großzügig und gut zu Mensch und Tier. Und es wurde kein Widerspruch darin gesehen, dass er Jäger war, denn er übte die Jagd im besten Sinne aus und war mehr Heger als Jäger. Kranke und verletzte Tiere mussten nicht lange leiden, die gesunden erfreuten sich ihres Lebens und konnten tun und lassen, was sie wollte, Berti war da nicht so. Wenn sich andere über Verbiss und Ernteschäden ärgerten, lachte Berti Schlammi nur darüber und sagte: „Die Tiere waren zuerst da. Ich würd's an ihrer Stelle genauso machen."

„Und das ist eigentlich schon ein Wunder", erklärte Frau Deiters. „Wo doch sein Vater so ein Stinktier war."

„Und die Mutter eine Xanthippe", ergänzte Frau Schmidtke, die immer noch an Dieter herumstreichelte. Der Dackel rollte sich glücklich auf den Rücken.

„Ich dachte, seine Vorfahren waren allesamt gute Menschen?", erkundigte sich Dana.

„Meistens schon", fand Frau Schmidtke. „Es gibt aber immer welche, die aus der Art schlagen, und Wolf-Dieter war so einer. Aber trotzdem und gottseidank ist der Berti ganz anders als sein Vater geworden."

„Mit der Eva hat er genau die richtige Frau gefunden", wusste Frau Deiters. „Das ist wirklich eine ganz liebe. Mit den Kindern hat sie es natürlich schwer."

„Wieso denn das?", erkundigte sich Dana.

„Der Timmy ist halt sehr sportlich, aber dumm wie Brot", erklärte Helga Schmidtke. „Und der Tommy ein kleines Genie, aber dafür mit zwei linken Händen und zwei linken Füßen. Dafür hat er aber schon zwei Schulklassen übersprungen und engagiert sich politisch, was aber zuhause keiner wissen darf. Seine Mathematiklehrerin ist eine Freundin meiner Tochter Angela, daher weiß ich das."

Frau Schmidtke war mit halb Meisenwald verwandt und kannte die andere Hälfte in- und auswendig. Das machte sie zu einer unschätzbaren Informationsquelle. Im Verbund mit Frau Deiters, der ehemaligen Grundschullehrerin, die alle ausgewachsenen Meisenwalder durch die Wirren der ersten vier Schuljahre begleitet hatte, waren die beiden ein unschlagbares Team.

Danach passierten mehrere Dinge annähernd gleichzeitig: Danas Handy klingelte, was zur Folge hatte, dass sie hektisch mit beiden Händen auf ihre Jackentaschen klopfte, um den klingelnden Nervtöter ausfindig zu machen. Zu diesem Zweck musste sie sowohl Altpapierkarton wie auch Altglastasche loslassen, was wiederum bedeutete, dass sich deren jeweiliger Inhalt über den Fußboden ergoss. Was zur Folge hatte, dass sich Dieter fiepend über diese fiese Attacke beklagte und Dana, von schlechtem Gewissen ob des verschreckten Dackels geplagt, ins endlich freigelegte Handy schnauzte: „Und das ist alles deine Schuld!"

„Ich hab dich auch lieb", antwortete Guntram. „Ich wollte dir nur sagen, dass wir gerade dabei sind, die Aussagen der Ritter der Tafelrunde zu sammeln. Und damit es mir nicht langweilig wird, habe ich gleich noch einen Termin in der Villa Silberblad."

„Silberblick", antwortet Dana automatisch.

„Wenn es dich glücklich macht, auch dort. Bis später, mein Täubchen!"

„Ich bin nicht taub", erwiderte Dana, doch Guntram hatte schon aufgelegt.

7

Die Autobahn des Teufels – Im Zweifel ist jeder verdächtig – In der Villa Silberblick - Es gibt Extensions?! - Der Beschäler und die Möhrendiebin

„Die A 666! Das ist die Autobahn des Teufels", hauchte Stuti beeindruckt. Mir war auch nicht wohl zumute, aber ich gab mich locker: „Wohl eher die der gesengten Säue, wenn ich mir so angucke, wie die Leute hier fahren."

Das Gerede über den geplanten Autobahnbau war mittlerweile auch bis zu uns durchgedrungen und hatte das vorige Gesprächsthema Nummer Eins – meine sogenannte Frisur – abgelöst. Andererseits lenkte es die Aufmerksamkeit von meinen Mordermittlungen ab. Ich schnaubte verärgert.

„Hast du was in der Nase?", fragte Stuti.

„In der Spürnase hab ich was", antwortete ich lässig. „Einen Mörder nämlich." Wenn ich Finger gehabt hätte, hätte ich mir damit vielsagend gegen die Nase geklopft. Aber so schnaubte ich halt nochmal, um das Gesagte dramaturgisch zu illustrieren.

„Wie aufregend! Weißt du schon, wer es ist?"

„Ich ermittele in alle Richtungen."

„Mit anderen Worten: Du hast keinen blassen Schimmer."

Da hatte sie irgendwie recht, aber dann fiel mein Blick auf Else und ich hatte eine Erleuchtung. „Es war auf jeden Fall eine Beziehungstat. Soviel steht fest."

Da war Stuti aber dann doch beeindruckt ob soviel professioneller Ermittlertätigkeit. „Meinst du, Constantin war es?"

„Das glaube ich nicht. Er hätte ganz andere Möglichkeiten gehabt, um Sara zu töten und es wie einen Unfall aussehen zu lassen. Ermittlerinstinkt, weißt du." In Wirklichkeit hatte ich lange darüber nachgedacht, aber das würde ich ihr nicht auf die Nase binden.

„Toooo-hoooo-hooot", schnuffelte Romeo im Hintergrund. Offensichtlich hatte er das Geschehene noch nicht verarbeitet. Aber wie sollte er das auch, wenn Else ihm abwechselnd ihren dicken Hintern oder ihren speckigen Nacken zeigte, „um den armen Jungen abzulenken." Vielleicht sprach auch reine Platzangst aus ihm, wer weiß.

„Aber wer hatte denn sonst eine Beziehung zu Sara?", fragte Stuti, die ihre ambitionierte Besitzerin nicht die Bohne vermisste. Und die

Trense mit dem ganzen Glitzer dran gehörte eh ihr. Der einzige Unterschied war, dass sich nun nur noch Kiki alias Frau Reitlehrerin um sie kümmerte. Mit anderen Worten: ein sozialer Aufstieg.

Und dann wusste ich es: Oh là là, sie dachte an ein *crime passionelle*, ein Verbrechen aus Leidenschaft. Spontan bekam ich Herzchen in den Pupillen. „Sollen wir zwei Hübschen das mit der Beziehung mal näher untersuchen?", fragte ich gefühlvoll und zwinkerte ihr zu.

„Nee, du, lass mal. Blacky ist ja im Moment der amtierende Beschäler vom Petershof und bietet allen an, ihnen niedliche Fohlen zu machen. Das muss ich erst mal verarbeiten. Außerdem hast du was im Auge."

„Ja, dich!" Aber der gefühlvolle Moment war vorüber und ich stürzte mich wieder in die Ermittlungen. So ein Detektivleben ist ganz schön hektisch, das könnt ihr mir glauben.

„Also eine Beziehung im weitesten Sinne hatte jeder, der regelmäßig näher mit Sara zu tun hatte", überlegte ich laut.

„Wer hätte gedacht, dass sie so ein Flittchen war?", schnaufte Else empört.

„Wer kommt da alles in Frage? Kiki natürlich. Melanie. Die hatte zwar nicht viel mit Sara zu tun, aber umso mehr mit Constantin. Vielleicht ein Racheakt um drei Ecken? Sven. Mit ihm hat sie auch öfters gesprochen."

„Wer hat das nicht? Alle Frauen hier wollen ständig mit ihm sprechen und gucken dabei, als wollten sie ein Fohlen von ihm."

Sven als Blackys menschliches Gegenstück – das war ein interessanter Gedanke. Den ich aber gleich wieder verscheuchte, weil ich neidisch auf ihn war. Auf Blacky und ihn, um genau zu sein.

Ich seufzte. „Sonst noch Vorschläge? Sag du auch mal was, Assistent!"

Aber Faxe schaufelte weiter Heu in sich hinein, ohne auch nur den Kopf zu heben.

„Dana und Guntram", sagte Stuti wie aus der Pistole geschossen. „Die sind dauernd hier und hatten also auch ständig mit Sara zu tun."

Die Frau und der Mann! Ich wusste nicht, ob ich das gut oder schlecht finden sollte. Aber wo auch mein sogenannter Assistent und bester Freund innige Verbindungen zum organisierten Verbrechen in Form der beiden Minishettys pflegte, würde mich eine enge Verbindung zu zwei Mordverdächtigen geheimnisvoll und interessant wirken lassen. Also noch interessanter. Mein Image konnte davon nur profitieren. Ich nickte nachdenklich.

„Das sind andere auch", warf Else ein, die mir das geheimnisvolle Image offensichtlich nicht gönnte.

„Aber die haben ihre Sättel nicht in derselben Sattelkammer wie Sara", erwiderte Stuti.

„Dann sind eigentlich alle Pferdebesitzer aus unserer Stallgasse verdächtig", dämmerte es mir.

„Kluges Köpfchen", meinte Faxe.

***

„Und hier stand der GAULL. Die Diebe haben ihn vom Sockel abgesägt."

Guntram und Constantin standen im parkähnlichen Garten des Silberblad'schen Anwesens. Constantin sah aus wie gekreuzigt und wiederauferstanden, so der wenig professionelle Eindruck des Berufsermittlers. Sein Gesicht war unrasiert und aschfahl, aber die Augen glichen das aus und leuchteten rot wie die Bremsleuchten seines BMW. Jedenfalls da, wo sie nicht zugeschwollen waren. Seinen Körper hatte der sonst so perfekt gestylte Unternehmensberater in einen Jogginganzug gehüllt (schwarz natürlich) und raufte sich ab und an die ungewaschenen Haare. Der trauert wirklich, war Guntrams erster Eindruck. Der Vollständigkeit halber hatte er den Ortstermin dazu genutzt, auch gleich Informationen über das gestohlene Bronzepferd zu sammeln. *Vielleicht muss man ja nur alle Infos zusammenschmeißen, kräftig schütteln und hat dann den Mörder,* dachte er hoffnungsvoll.

„Und da drüben sind sie rein. Sara hat den Zaun gerade reparieren lassen. Sara!" Er wurde von einem Weinkrampf geschüttelt. Guntram sah sich um. Gut, der Zaun war repariert, aber die Treckerspuren, die der oder die Einbrecher hinterlassen hatten, waren noch gut zu sehen. Sie frästen sich tief in den makellosen Rasen und verliefen schnurgerade genau zur anderen Seite des Grundstücks, wo eine große Lücke in der Koniferen-Umfriedung von erheblichem Trecker-Kontakt kündete. Die riesigen Gehölze lagen immer noch auf dem angrenzenden Acker.

„Er hat sie einfach plattgefahren", sagte Constantin. „Verrückt."

„Er oder sie", tadelte Guntram. „Wir wissen nicht, ob es ein weiblicher oder ein männlicher Täter war. Oder ob es Komplizen gab. Da dürfen wir nichts unterstellen."

„Ich hab im Moment ganz andere Sorgen, das kannst du mir glauben. Was würde ich nicht dafür geben, um Sara wiederzubekommen! Aber ich habe ja nichts außer meiner Liebe zu ihr."

Wieder flossen Tränen. Guntram, der mit weinenden Menschen nur schlecht umgehen konnte, war kurz davor, mitzuheulen. Stattdessen erkundigte er sich, wie Constantin das denn genau gemeint habe.

„Genauso", sagte der erstaunt. „Alles hier gehörte Sara. Ich bin nur ein armer kleiner Unternehmensberater, der seine Chefin geheiratet hat."

„Mir kommen die Tränen", sagte Guntram.

„Mir auch." Constantin schnäuzte sich ausgiebig.

„Und wer erbt?"

„Keine Ahnung. Ich schätze mal, ich."

„Conny, alter Schwede!"

„Gebürtig bin ich aus Niedersachsen. Saras Familie kommt aus Schweden und ich habe bei der Heirat ihren Namen angenommen."

„Das kannst du mir doch nicht erzählen, dass ihr nie über sowas gesprochen habt! Gibt es ein Testament?"

Constantin sah verheult zu Guntram auf, schniefte ausgiebig und erinnerte sich dann an die Frage. „Doch, klar, sie hat ein Testament gemacht. Ich bin Alleinerbe."

„Hatte Sara Streit mit irgendjemandem? Oder fällt dir sonst ein Mordmotiv ein?" Außer der Aussicht auf ein kapitales Erbe, aber den Gedanken behielt er für sich.

***

Nachdenklich nahm ich noch einen Schluck aus der Pfütze in der hinteren Ecke des Paddocks. Ich weiß ja nicht, wie das bei euch so ist, aber ich mag Wasser mit Persönlichkeit. Braun und abgestanden muss es sein. Und wenn die Frau dann noch hektische Flecken im Gesicht hat und mich wegzerren will, schmeckt es gleich nochmal so gut. Überhaupt, im Vergleich zu dem ekelhaften kalten Wasser aus dem Schlauch, mit dem sie mir immer die Beine abspritzen will, ist Modderwasser aus der Pfütze sowohl nahrhaft als auch aromatisch und an wärmeren Tagen – oder wenn ich zu warm eingedeckt bin – prima, um darin ein erquickendes Bad zu nehmen.

Der Mord an Sara ließ mir keine Ruhe. Wenn sie doch angeblich so nett war, warum musste sie dann sterben? Warum sagten Dana und Melanie Sara Silberblick statt Sara Silberblad? Ok, ihre Augen hatte in unterschiedliche Richtungen geguckt, aber bei Chamäleons gilt sowas angeblich als erstrebenswert.

Auf dem Stutenpaddock herrschte das übliche geisteskranke Treiben. Die Minishettys waren wieder da und mischten die Mädels auf. Blacky bot seine Dienste als selbsternannter Beschäler des Petershofes an und Bella schmiedete weiter ihren Plan vom großen Möhrenraub, wenn sie nicht gerade von Elses mütterlicher Fürsorge erdrückt wurde.

Die wunderschön kurvige Peppy hatte mir eine Zeitlang Gesellschaft geleistet, um sich über meine Stehmähne lustig zu machen. Und dann hatte sie noch einen Spruch losgelassen, der mich nachhaltig fertigmachte. Es gibt nämlich nicht nur Schweifhaartoupets für die heckwärts Benachteiligten, sondern auch Extensions für die mähnenmäßig Gerupften. Also die, die von ihren lieben Freunden kahlgerupft werden, aber auch für die „armen Schweine, bei denen die Besitzerin ihre Finger nicht von der Schere lassen kann".

O-Ton Peppy. Und sowas muss man sich als Meisterdetektiv gefallen lassen. Ich und ein armes Schwein. Ha! Aber irgendwie hatte sie ja doch recht. Und Extensions hatte ich auch keine. Weil meine verpeilte Besitzerin an der falschen Stelle spart.

Ich seufzte.

Ein Trampeln unterbrach meine trübsinnigen Gedanken.

Romeo. Ausgerechnet. Die depressive Heulsuse hatte mir gerade noch gefehlt. Und dann ging es auch schon los.

„Ich weiß gar nicht, warum Sara too-hoo-hoot ist. Schließlich hatten sie alle lieb. Und jetzt sind alle traurig. Constantin, Dana, Sven…"

„Moment mal," unterbrach ich ihn. „Wieso Dana? Wieso Sven?"

„Ja, die gucken halt traurig", rechtfertigte sich die sportorientierte Blitzbirne.

„Vielleicht haben die auch nur Hunger? Wenn ich Hunger hab, guck ich auch traurig." Irgendjemand musste ja nun auch ein Motiv haben, um Sara zu töten, aber das rieb ich meinem verhuschten Gesprächspartner nicht unter die Nase. Sonst fing der nur wieder an zu heulen.

„Hm", machte Romeo nachdenklich.

***

Natürlich hatte Dana Hunger. Es war Herbst, es war kalt, es war nass und ihr Körper schrie nach Kalorien. *JEDER hat im Herbst Hunger. Von ein paar ausgemergelten Modelschnepfen mal ganz abgesehen*, dachte sie trotzig und stopfte sich eine Handvoll Erdnußflips in den Mund, während sie auf der Pferdeverkaufsseite in der Abteilung für spanische Pferde nach unten scrollte. Der eine war ja ganz nett und sie hatte spontan einen Besichtigungstermin vereinbart – nicht ohne vorher den Namen der Verkäuferin gegoogelt und die einschlägigen Pferdeforen danach durchforstet zu haben. Die Bekannte von irgendjemandem hatte da schon mal schlechte Erfahrungen gemacht. Eijeijei.

Andererseits: SIE ließ sich nicht so leicht aufs Kreuz legen. Jeder andere ja, aber sie nicht. Das wäre doch gelacht, wenn sie als gestandene Pferdefrau beim Pferdekauf auf die Nase fiele.

Sicherheitshalber hatte sie weder Kiki noch Guntram um Beistand und Begleitung gebeten. Kiki hatte ja doch nur wieder an allem etwas auszusetzen. So nett und lustig sie für gewöhnlich war – beim Pferdekauf war sie immer so negativ eingestellt. Da gabs doch diesen alten Spruch: Wer fürchtet Spat und Gall, hat nie ein gutes Pferd im Stall.

So. Mit anderen Worten: Es kommt nicht nur auf die äußeren Werte an, nein, das Interieur zählt auch. Charakter und Arbeitsbereitschaft und allgemeine Nettigkeit. Nicht, dass sie sich vorsätzlich ein krankes Pferd kaufen würde, aber Schönheit und geschmeidige Bewegungen sind nicht alles. So.

Und Guntram? Na ja. Er ist zwar ein Schatz, hat aber von Pferden keine Ahnung. Melanie hatte eh keine Zeit und Sara, die ein wirklich gutes Auge für Pferde gehabt hatte, war tot. Wenn auch das andere Auge, das gerade nicht für die Pferdebeurteilung zuständig war, währenddessen ein klitzekleines bisschen silberblickig woandershin geguckt hatte. Und sie war wirklich immer nett gewesen. Sooooo nett.

Gut, dieses *Ahahaha-hi*, das Melanie so gut nachmachen konnte, war schon ganz schön nervig gewesen. Und ganz vielleicht war sie selbst auch neidisch gewesen, weil Constantin Sara immer den Arsch nachgetragen hatte. Beziehungsweise das Putzzeug. Und den Sattel. Und eigentlich alles. Und ihr jeden Wunsch von den Augen abgelesen hatte. Und noch dazu fand jeder Sara toll und attraktiv und sie konnte gut reiten und überhaupt. Wenn sie mit ihren schicken hellbraunen Stiefeln auf dem Pferd saß, kamen sogar die Springreiter zugucken, inklusive die Ausreit-Zausels aus der Tafelrunde. Und selbst den gutaussehenden Sven hielt es da nicht mehr an der Bar im Reiterstübchen.

Dana schluckte. Vielleicht hatte sie zu oft über Saras Silberblick gelästert, jedenfalls plagte sie jetzt das schlechte Gewissen. Schnell scrollte sie weiter nach unten. Da. Da war er doch. Ihr spanischer Kracher. Und noch dazu ein Fuchs! Das war ja bei den PREs eine seltene Farbe und entsprechend teuer war das Tier, aber so, so, so hübsch! Sie schmolz dahin. Und dann wohnte der Gute auch noch in der Nähe des „schon ganz hübschen" Schimmelwallachs, für den sie bereits einen Besichtigungstermin hatte. Wenn das kein Zeichen war! Anscheinend wollte das Schicksal, dass Dana und Romantico zusammenkamen.

Romantico - hach! Allein schon der Name! Und was für ein Prachtkerl von Pferd! Der ist so schön, den würd ich mir sogar auf den Arm tätowieren lassen, dachte Dana verträumt, als sich der Schlüssel im Schloss drehte.

„Hallo Guntram! Was gibt's Neues?"

„Frag nicht", sagte der und sank ermattet auf die Couch. „Ich war bei Constantin, und es war dramatisch. Viele Tränen und wenige Informationen. Das gestohlene Bronzepferd ist genau wie die anderen mit einem Trecker abtransportiert worden. Jedenfalls führen auch im Park der Villa Silberblick Treckerspuren quer übers Grundstück. Der bekloppte Einbrecher hat den Zaun plattgefahren, sich das Bronzemonster geschnappt und ist stumpf geradeaus weitergefahren. Quer durch die riesige Koniferenhecke und dann weiter über den angrenzenden Acker. Und ich bin mir sicher, wenn da was im Weg gestanden hätte, er hätte es plattgewalzt. Vielleicht kann er auch einfach nicht lenken? Oder er will es nicht? Das muss man sich mal vorstellen – der irre Treckerfahrer und das Denkmal to go. Manchmal fühle ich mich so unsagbar müde."

Dana, die ausnahmsweise mal zugehört hatte, bedauerte und bewunderte ihn gebührend. Schließlich hatte Guntram so viel Kraft, dass er weitersprechen konnte. „Und dann Conny. Tränen, Tränen, Tränen und nochmal Tränen. Und dann kam er ans Erzählen, und zwar vom Hölzken aufs Stöcksken. Alle hätten seine Sara geliebt und er könnte sich kein Mordmotiv vorstellen. Und er wäre nur ein armer Unternehmensberater, der seine reiche Chefin geheiratet hat. Und zufällig ist er Alleinerbe."

„Ach der Arme", bemerkte Dana. „Vielleicht war er auch nur traurig, weil du ihn beim Geldzählen gestört hast?"

„Nein, er hat schon gelitten. Überleg doch mal, was er alles für Sara getan hat, als sie noch lebte. Ich glaube, er hat sie wirklich geliebt."

„Vielleicht hat ihn aber gerade das Um-Sara-Herumwuseln wahnsinnig gemacht. Er hat sich ja benommen, als wäre er ihr Leibeigener. Dieses zwanghafte Jeden-Wunsch-von-den-Augen-ablesen ist doch bestimmt nicht gesund. Obwohl du das ruhig auch mal versuchen könntest. So ein Sattel ist doch recht schwer, da könntest du mir gern mehr zur Hand gehen", schlug Dana vor.

„Vor oder nachdem ich dir die Box ausgemistet habe?", erkundigte sich Guntram.

„Was du immer hast. Bewegung soll sehr gesund sein, habe ich gehört."

„Und was sagst du zu unserem treckerfahrenden Pferdedieb?"

„Wenn es wenigstens echte wären. Klaut der Dieb den Sockel mit? Und wenn nicht, wie kriegt er die Pferde vom Sockel los?"

„Die werden abgesägt und anscheinend vorn auf die Palettengabel gepackt. Die Treckerspuren verlaufen schnurgerade, da wird weder gelenkt noch rangiert."

„Dann ist es ja ganz einfach", fasste Dana zusammen. „Jeder, der eine Säge und einen Trecker mit so einer Pommesgabel vorne hat, könnte unser Mann sein. Das engt die Anzahl der Verdächtigen natürlich kolossal ein."

***

Sven saß auf dem Trecker und sah Dana fragend an. „WAAAAAAS?" brüllte er.

„WO IST KIKI?", schrie sie zurück. Der Motorenlärm war teuflisch, da konnte man sein eigenes Wort nicht verstehen. Sie stand vor dem Heulager, wo Sven mit der Palettengabel des Treckers Heuballen aufstapelte.

„WAAAAAAAS?"

Dana holte tief Luft und versuchte es nochmal. „WOOOOOO IST KIIIIIKIIIII?"

Sven zuckte die Achseln und brüllte irgendwas, das „Ich kann dich nicht verstehen" heißen mochte. Ergänzend gestikulierte er mit beiden Händen in Richtung Ohren.

Dana gab nicht so leicht auf: „DEINE SCHWESTER – WOOOOOO?"

Er zuckte die Achseln und röhrte: „MUSS HIER WEITERMACHEN!!!!", während er geschickt einen Rundballen auf dem anderen stapelte. Entnervt wandte Dana sich ab und suchte woanders jemanden, der entweder wusste, wo Kiki war oder ihr ansonsten selbst beim Einfangen der Minishettys zur Hand gehen konnte. Die kleinen Mistviecher hatten sich wieder aufs Stutenpaddock geschlichen und machten die Mädels wuschig. Blacky als selbsternannter Deckhengst des Petershofs grub alle Stuten an, die größer als er waren – also alle. Währenddessen hatte es sich Bella im Heu gemütlich gemacht und ließ den lieben Gott einen guten Mann sein.

Und die Wallache hatten auch nix Schlaueres zu tun, als sich gegenseitig an den Halftern zu ziehen und paralysiert herumzustehen oder aber – im Falle eines plötzlichen Akivitätsschubs - sich gegenseitig die Decken zu zerreißen. Aber wenigstens blieben die, wo man sie hinstellte. Gut, auch da gab es Ausnahmen – der beste Freund ihres Pferdes hatte eine schlangenartige Geschicklichkeit, wenn es darum ging, Gras von der Nachbarweide zu essen – aber im Großen und Ganzen waren sie brav.

Marie, Companeros Besitzerin, hatte gerade nichts zu tun und wurde zum Ponyfangen vergattert. „Ich hab das doch schon tausendmal gemacht", maulte sie. „Es bringt sowieso nichts. Blacky ist quasi autark und kommt und geht, wie er will."

***

„Guck mal, der Beschäler und die Möhrendiebin", stichelte ich, als mein Blick aufs benachbarte Stutenpaddock fiel.

„Neidisch?", fragte Faxe.

„Ich doch nicht", log ich.

„Ich find den Blacky nett", stellte Faxe fest.

„Ja, weil du der Einzige bist, der seinen komischen Dialekt versteht. Ich finde, er ist der kleinste Angeber der Welt." Und außerdem hat er mir Bella weggenommen, fügte ich in Gedanken hinzu.

„Sooo schön ist das auch nicht, wenn man jedes Wort von ihm versteht. Aber süß sind sie schon, die beiden Zwerge."

„Jaja, die beiden Kleinkriminellen. Pony und Kleid. Hatten wir schon", winkte ich ab.

„Die Kleinkriminellen auf dem Weg ins organisierte Verbrechen", kicherte mein Tinkerkumpel.

„Und wer hilft ihnen dabei? Ausgerechnet mein treuloser Assistent."

„Und warum? Weil ich's kann. Und du nicht."

Waaaaas? Frechheit! Der Tinker musste augenblicklich zur Ordnung gerufen werden. Ich schnappte mir sein Halfter und zog kräftig daran.

„Da siehst du mal, wer hier was kann und wer nicht", erklärte ich Faxe die Sachlage. „Und wenn ich hier ziehe, musst du gehorchen und mitkommen, ob du willst oder nicht." Um meine Argumentation zu verdeutlichen, verstärkte ich den Zug an seinem Halfter und zerrte ihn hinter mir her. Notgedrungen musste sich der dicke Tinker mitbewegen. „Und jetzt hier lang. Geht das auch schneller?"

„Hast du da ein neues Halfter?", fragte Faxe. „Mit Nasenplüsch, soso. Sehr niedlich."

Und ich weiß auch nicht, wie er das geschafft hat, aber mit einem Mal befand sich besagter Nasenplüsch zwischen seinen Zähnen.

„Hehe", machte Faxe in seinem Größenwahn und zog kräftig. Das konnte ich mir natürlich nicht gefallen lassen und zog meinerseits an seinem Halfter, allerdings etwas doller als der Dicke. Was sich der Dicke seinerseits nicht gefallen lassen wollte und etwas doller an meinem Halfter zog.

„PFRIDOLIIIIIIIIIIIIIN!" erklang eine entsetzte Stimme von Ferne.

Mist, die Frau. Immer stört sie, wenn's grad schön ist.

***

„Es könnte ja alles so schön sein", beschwerte sich Dana bei Marie. „Aber nein, mein Vollpfostenpferd spielt mit seinem Vollpfostenkumpel Halfterziehen und das schöne Nasenflauschidings ist völlig im Eimer."

„Wie hast du ihn eigentlich erkannt?", fragte Marie, die die beiden Minishettys am Strick hatte, während Dana dramatisch gestikulierte, um so das hirnverbrannte Tun ihres Pferdes zu illustrieren.

„Das war einfach. Nur zwei Pferde haben sich in der Schlammpfütze gesuhlt und von oben bis unten eingesaut. Alle anderen konnte ich identifizieren. Es ist ja auch nicht so, als ob er das nicht gewohnheitsmäßig machen würde."

„Nein?"

„Nein. Du hast es gut. Obwohl Companero ein Schimmel ist und man denen ja allerlei unreinliche Angewohnheiten nachsagt, hat er sich noch nie bis über die Ohren eingesaut, oder?"

„Stimmt", gab Marie zu und dackelte mit Blacky zum Nachbarhof, um ihn vorübergehend wieder bei seinem Besitzer abzuliefern. Dana lockte ihr schlammverkrustetes Pferd mit dem abgenuckeltem Plüschhalfter mit Hilfe einer Möhre zu sich und führte es unter Einhaltung des größtmöglichen Sicherheitsabstandes in seine Box, während sie laut über die Anschaffung eines Kärchers nachdachte.

8

Die Demo – Meisenwald außer Rand und Band – Möhren-Mike fühlt sich beobachtet - Kurt Puvogel ist auch da – Dana Daredevil Dirksen – Und Pferde gucken war sie auch

Die Sonne schien und ganz Meisenwald nebst den angrenzenden Ortschaften war auf den Beinen. Die eine Hälfte saß auf diversen Treckern, an denen große Transparente gegen den geplanten Ausbau der A 666 befestigt waren. Auch auf den Seitenwänden der Anhänger sah man Bettlaken mit Aufschriften wie A 666 NEE, DANN FREUT SICH DAS REH oder schlicht A 666 = HIGHWAY TO HELL.

Davor, dazwischen und dahinter marschierte die andere Hälfte der Meisenwalder und schwenkte noch mehr Transparente. Der Männergesangverein „Die Meisen Singers" unter der Leitung das angejahrten Alois Puvogel intonierte eine launige Weise, um den Kampfgeist der Demonstranten zu stärken.

Helga Schmidtke und Annemarie Deiters hatten ganze Arbeit geleistet und den kompletten

Landkreis mobilisiert. Und alle, alle waren sie gekommen.

Meisenwald hatte sich in ein Demo-Hauptquartier verwandelt. Rechts und links der Hauptstraße, über die sich langsam der Treckerzug mitsamt den demonstrierenden Menschenmassen wälzte, befanden sich Info-Stände und Fressbuden.

„Sieht professionell aus, oder?" erkundigte sich Frau Schmidtke zufrieden bei Dana, die sich gebückt hatte, um den Dieter-Dackel zu streicheln. „Und – gibt's was Neues über den Mord?"

„Absolut!", antwortete die und schüttelte gleichzeitig den Kopf. „Soweit ich weiß, ermittelt die Polizei in alle Richtungen. Sag doch auch mal was!" Sie gab Guntram einen Schubs, damit er die weitere Beantwortung übernahm.

„Genau in diesem Augenblick vernimmt der beste Mann der Meisenwalder Polizei eine Zeugin, von deren Antworten wir uns viel versprechen", bestätigte Guntram.

Genau in dieser Sekunde befragte nämlich Polizeiobermeister Wollmeier einige der Einstallerinnen des Petershofs. Azubi Jonas hatte in den letzten Tagen unablässig Vernehmungsprotokolle getippt.

„Au-to-bahn ist Grö-ßen-wahn!", skandierte irgendjemand und andere antworteten: „A Sechs Sechs Sechs raus aus Meisenwald, sonst bleibt eure Küche kalt!"

„Der Kochclub", raunte Dana Guntram zu.

Alle Bauern waren da, und zwar wirklich alle. „Natürlich mit den Treckern, wie denn sonst?", antwortete Berti Schlammi auf eine diesbezügliche Frage Guntrams. „Damit man uns besser sieht, wo wir doch so zierlich sind." Dabei klopfte er sich neckisch auf die nichtvorhandene Taille.

Neben Schlammis John Deere ratterte der Deutz von Vater Peters mit Mutter Peters auf dem Beifahrersitz. Sven und Kiki thronten auf dem Massey Ferguson.

„Hallo ihr beiden!", grüßte Gerrit van de Velde, der Friesenzüchter, der standesgemäß mit dem Vierspänner vorgefahren war. „Gibt's was Neues in euerem Mordfall?"

„Wir ermitteln in alle Richtungen", erklärte Guntram wahrheitsgemäß.

„Das heißt, ihr habt keine Ahnung, wer es war, hey?", grinste Gerrit.

„Wenn wir es wüssten, müssten wir nicht mehr ermitteln, oder?", konterte Guntram mit unbezwingbarer Polizeilogik.

***

Zur gleichen Zeit, nur wenige Meter entfernt

„Das ist ja mal wieder typisch!", rief Susa. Ihre Augen blitzten. „A 666 nee, da freut sich auch das Reh", las sie laut. „Klar, damit es nicht totgefahren wird, sondern die Jäger es abknallen können. Das ist so scheinheilig! Einerseits tun sie so naturbewusst, andererseits knallen sie alles ab, was wild ist und lebt. Im Wald ist es erst schön, wenn auch der letzte Jäger tot ist."

Jonas wurde es mulmig. War Susa etwa eine potenzielle Mörderin? Gehörte sie zu den Wachsamen Weganern, die Hochsitze ansägten und Jäger lieber tot als lebendig sahen? Er kannte sie ja eigentlich noch nicht lange.

„Wie meinst du das denn?", erkundigte er sich besorgt.

„Nicht so, wie es sich anhört", lachte sie. „Hier, probier mal einen Smoothie. Vegan und komplett natürlich."

Jonas nahm den Becher und probierte skeptisch. Rasch hellten sich seine Gesichtszüge auf und er trank durstig. „Lecker!", konstatierte er.

„Nicht alle Veganer sind Mörder, weißt du. Klar sympathisiere ich mit den Jagdgegnern, weil mir die Tiere leidtun. Wenn ein besoffener, halbblinder Jäger das Wild nur anschießt und es dann langsam krepieren lässt, zum Beispiel. Aber in der Massentierhaltung geht es viel, viel schlimmer zu als hier im Wald."

Das beruhigte Jonas. Er hatte in Susas Vernehmung erfahren, dass sie heute auf der Demo sein würde und sich spontan freigenommen, um auch dabei sein zu können. Davon erhoffte er sich neue ermittlungstechnische Ansätze und wer weiß, vielleicht konnte er auch bei seinem Chef punkten. Und außerdem gefiel ihm ihr Lächeln.

Susa hatte unterdessen eine Smoothie-Kollektion auf ein Tablett gepackt, das sie den Umstehenden anbieten wollte.

„Komm, ich helf' dir", bot Jonas an und übernahm das pickepackevolle Tablett. Es war schwerer als gedacht. Wie hatte die zierliche Susa das nur so mühelos hochgewuchtet? Während Jonas noch darüber nachdachte, geriet er ins Wanken und seine Last in Schräglage. Nur dem beherzten Zugriff von Sven, der plötzlich wie aus dem Nichts auftauchte, war es zu verdanken, dass kein größeres Unglück passierte. Er übernahm das Tablett, verteilte mit charmantem Lächeln einige Getränke und wehrte Jonas' Dank lässig mit den Worten „Kein Ding, Kumpel!" ab. Und dabei schaffte er es auch noch, gut auszusehen und cool rüberzukommen.

„Wenn er glaubt, dass keiner guckt, sieht er ganz schön traurig aus", bemerkte Susa, als Sven wieder gegangen war. „Ob das wegen der Autobahn ist?"

Oder wegen der toten Sara, dachte Jonas, der ein guter Ermittler war, Azubi hin, Azubi her. War da vielleicht mehr gewesen, als alle ahnten? „Weshalb könnt ihr euch eigentlich nicht leiden, Nele und du?"

„Das ist eine lange Geschichte. Sie hat immer furchtbar schlechte Laune und lebt größtenteils in ihrer eigenen Welt. Wenn sie dann mal Kontakt zur Realität hat, ist sie noch schlechter gelaunt. Ich denke mal, sie hat jede Menge persönliche Probleme."

„Es hört sich zumindest so an. Und ihr wart zur gleichen Zeit auf dem Parkplatz? Also an dem Tag, als Sara starb." Jonas hatte sich an den Sonderauftrag erinnert, den ihm Guntram gegeben hatte: *„Finde heraus, was am Tattag auf dem Parkplatz los war!"*

„Ja und? Mareike war auch da. Und Sven. Praktisch der halbe Petershof." Susa nippte an ihrem Grünkohl-Smoothie.

„Aber vielleicht ist das die Verbindung zwischen Nele und Sven? Vielleicht hat der auch Probleme – Depressionen, was weiß ich? – und die beiden haben eine gemeinsame Krankengeschichte. Depressiven Menschen merkt man ihre Krankheit oft nicht an, habe ich gelesen", überlegte Jonas, kam aber nicht dazu, diesen

Gedanken weiterzuverfolgen, weil in diesem Moment Möhren-Mikes Trecker an ihm und Susa vorbeiratterte, gefolgt von dem blauen Trecker, der neulich das Peters'sche Wohnhaus gerammt hatte.

„Keine Autobahn für Meisenwald!", johlte Mike und der andere Treckerfahrer antwortete genauso lautstark: „Meisenwald den Meisen!"

Beide hielten ihre monströsen Gefährte an und kletterten hinunter, wobei der Fahrer des blauen Traktors zuvor sorgsam einen Hund aus dem mitgeführten Kindersitz befreite und in die Arme nahm. „Erst mal 'nen Happen schnappen!", war die Begründung. „Gibt's hier auch Bratwurst? Nee? Dann gucken wir mal da vorne."

„Da vorne" waren zufällig auch Guntram und Dana.

„Grüß dich, Mike! Und du bist…?", fragte Guntram.

„Das ist Lulu und ich bin Ole", stellte der Treckerfahrer den Hund und sich selbst vor.

„Sagt mal, wo gibt's denn hier was zu essen?", erkundigte sich Mike.

„Da vorne, bei den Veganern", zeigte Dana.

„Och nö, ich hab immer soviel mit Gemüse zu tun, da darfs auch mal ne Bratwurst sein."

„Sorry, die haben wir bisher nicht gefunden", schüttelte Dana bedauernd den Kopf. „Was sagt ihr denn zu der Demo?"

„Alle Achtung", sagte Ole und kratzte sich am Kopf. „Diese Autobahn braucht ja kein Mensch. Hätte nicht gedacht, dass so viele Leute kommen."

„Das war aber doch irgendwie klar", erläuterte Mike. „Guck mal, die Pläne für diese bescheuerte A 666 sind uralt und anscheinend im Ministerium irgendwo hinter einen Aktenschrank gefallen. Und jetzt, wo sie sie wiedergefunden haben, wollen sie gleich losbauen, obwohl kein Mensch die Autobahn braucht. Seit 1950 hat sich hier so einiges verändert. Eigentlich sollte hier Industrie angesiedelt werden, große Fabriken. Dazu ist es aber gottseidank nie gekommen. Und jetzt soll eine Autobahn her, für die die Natur zerstört wird. Und Meisenwald gleich mit! Genau da, wo die beknackte Trasse verlaufen soll, baue ich meine Möhren an. Was wird dann aus euch, wenn ich hier wegmuss? Und was wird mit meinen Minishettys?"

„Deinen Minishettys?", fragte Ole.

„Nicht meine, aber fast. Der kleine Schimmelwallach, der sich für einen Hengst hält – Blacky heißt er – hat mir immer die Möhrensäcke ausgeliefert und vom Lkw in die Futterkammer getragen. Er hat auch eine kleine Freundin, die ist noch viel niedlicher als er. Aber die ist natürlich zu zart zum Möhrensäcke austragen. Die bekommt einfach so von mir Begrüßungsmöhrchen." Mike hatte sich in Begeisterung geredet. „Und wie klug die sind! Schlauer als jeder Hund! Man könnte fast meinen, die beiden beobachten einen auf Schritt und Tritt."

Blacky verschwand schnell hinter einem Busch im nächsten Vorgarten.

„Was ist denn jetzt mit Bratwurst?", fragte Ole.

„Komm, wir machen uns mal auf die Suche", sagte Mike. Dana und Guntram kamen mit, weil sie gerade nichts Besseres zu tun hatten.

Kurt Puvogel war ein zutiefst unglücklicher Mann. Beruflich nicht, da stimmte alles. Er war ein erfolgreicher Beamter, fleißig und gewissenhaft, und hatte sich auf der Karriereleiter im Verkehrsministerium weit nach oben gearbeitet. Im Moment betreute er federführend das Projekt A 666, das vor kurzer Zeit auf der Prioritätenliste ganz nach oben geploppt war. Das war aufregend, das war interessant und das hatte mit seiner alten Heimat zu tun.

Nein, was ihm zu schaffen machte, war seine ausgeprägte Angst vor Menschen. Und besonders die Angst vor vielen Menschen. Wie zum Beispiel bei einer Demo. Und er bereute es sehr, dass er auf die Einladung seiner alten Grundschullehrerin reagiert hatte. Auf der anderen Seite: Was hätte er denn tun sollen? Der

Minister hätte ihn so oder so nach Meisenwald geschickt.

Er tupfte sich den Angstschweiß von der Stirn. Wenn doch nur Papa mit seinem furchtbaren Männergesangverein aufhören würde. Die Meisen Singers hatten sich mittlerweile durch ihr umfangreiches Repertoire gearbeitet und waren bei „Muß I denn zum Städtele hinaus" angelangt.

„Also das nenn ich mal eine Demo, die sich gewaschen hat. Stimmts, Kurti?", sagte Annemarie Deiters zufrieden.

Kurti steckte das Taschentuch weg, hyperventilierte kurz und wusste nicht recht, ob er lachen oder weinen sollte.

„Guck mal, Junge, da ist auch das Fernsehen!"

„Im Hintergrund hören wir die Meisen Singers unter der Leitung von Alois Puvogel. Der gesamte Landkreis hat sich hier zusammengefunden, um geschlossen Front gegen das Verkehrsministerium zu machen", sprach eine aufgebrezelte Blondine in eine Kamera. Im Hintergrund sah man einen Wagen mit dem Logo des Lokalsenders.

„Frau Deiters, wenn Sie mir hier raushelfen, haben Sie bei mir was gut!", stieß der mittlerweile kurzatmig gewordene Ministerialbeamte, dem seine Klaustrophobie arg zu schaffen machte, hervor. Er sah nur noch Menschenmassen, die sich näher und näher an ihn heranschoben.

„Tatsächlich wüsste ich da was", verkündete Annemarie Deiters. „Komm mal her, ich flüstere es dir ins Öhrchen."

***

„Nein. Niemals." Dana streikte.

„Ach komm." Kiki redete schon seit einiger Zeit beruhigend auf sie ein.

„Ich bin doch nicht lebensmüde!" Dana sah skeptisch nach unten.

„Nur ein kleiner Hüpfer und du wirst sehen, dir geht's viel besser", lockte Kiki.

„Am allerbesten geht es mir, wenn ich es gar nicht erst versuche." Dana war nicht leicht zu überzeugen. Dabei lag nur ein winzig kleines Cavaletti vor uns auf dem Boden.

„Jedes Hausschwein könnte aus dem Stand darüber hüpfen", vertraute Melanie Felix an. In einer Lautstärke, die sie zu Unrecht als leise einordnete und die bis zu uns auf den Springplatz drang. „Ach was, jedes Meerschwein."

Ich bin aber kein Hausschwein, auch wenn mir die Frau bisweilen entsprechende

Anwandlungen attestiert. Wenn ich mich wälze, gibt es immer einen Grund. Aber egal.

In der zurückliegenden halben Stunde hatten wir unter Frau Reitlehrerins Anleitung Stangenarbeit gemacht. Wobei die Frau den Ausdruck „Springtraining" bevorzugte. Kiki hatte mir irgendwelche bunten Hindernisstangen in den Weg gelegt und ich war souverän darübergeschwebt. Ein Fast-Hengst wie ich hats halt drauf. Zum krönenden Abschluss der Stunde hatte Kiki die Überwindung eines zirka dreißig Zentimeter hohen Bodenricks angeordnet, was dazu führte, dass meine Reiterin spontan das P in den Augen bekam. P wie Panik.

„Ich habe keinen Todeswunsch", hatte sie Kiki zunächst erklärt, war damit aber nicht durchgekommen. Seitdem standen wir in der Mitte des Springplatzes. Und mal ganz ehrlich, wenn ich mich ganz doll konzentrierte, konnte ich den Mördersprung sogar sehen, wegen dem die Frau so ein Theater macht. Wenn nicht, sah er halt aus wie eine Stange auf dem Boden. Kiki guckte auffordernd.

„Hmmmmm", machte Dana. „Einerseits ... und andererseits..." Man konnte förmlich sehen, wie es in ihr arbeitete.

„Dana Daredevil Dirksen", lästerte Melanie. Dana warf ihr einen vernichtenden Blick zu und ließ mich über das niedrige Bodenrick hopsen.

In der Ferne hörte man das Tuckern eines Treckers.

***

Später in der Stallgasse

„Und übrigens war ich Pferde gucken. Spanische", erzählte meine sogenannte Besitzerin gerade, nachdem sie mich abgesattelt und gefüttert hatte. Wenigstens das hat sie mittlerweile drauf. Es gab auch andere Zeiten, wo sie sich endlos verquatscht und mich vernachlässigt hat. Aber *Hauptsache, et schmeckt*, wie Faxe immer sagt. Also deshalb war sie in der letzten Zeit so wenig im Stall. Weil sie mir einen Kollegen kaufen will, der die schwere Arbeit macht, so dass ich mehr frei habe! Interessiert stellte ich ein Ohr auf.

„Ja, es war ganz toll. Ich habe mich aber noch nicht entschieden", erklärte Dana auf Nachfrage von Kiki.

Tatsächlich waren es depressive Viecher gewesen, die man ihr gezeigt hatte. Und keineswegs die fröhlichen und wunderschönen PREs aus dem Internet. Außerdem war sie sich ziemlich sicher, dass der in der Anzeige angepriesene prächtige Schimmel nicht mit dem vor Ort vorhandenen Exemplar identisch war, das ängstlich und mit Serreta-Narben auf der Nase durch die Gitterstäbe seiner Box nach draußen spähte.

„Ist Schimmel, eh!", hatte ihr der Verkäufer erklärt. „Schöne Schimmel!"

„Aber nicht der aus der Anzeige. Gucken Sie mal hier, ..."

„Wolle Schimmel probereite? Habe aber keine Sattel."

„... das Brandzeichen sieht aber ganz anders aus als auf dem Foto! Äh nein, ohne Sattel möchte ich nicht."

„Ist ganz brave Pferd! Hier, mit Kandare ist ganz brav. Mein kleiner Sohn reite immer so!"

Der kleine Sohn hatte ihr dann den abgemagerten armen Kerl vorgeritten, worauf sie sich schleunigst aus dem Staub gemacht hatte. Der Schimmel konnte das leider nicht. Na ja, und Romantico, der wirklich traumschöne Fuchs, hatte sich als schwer bedienbar erwiesen, jedenfalls war Dana nicht mit ihm klargekommen. Ein weiteres Verkaufspferd vor Ort war ausgesprochen hässlich, dafür aber sehr charmant. Und leider sehr empfindlich am Bein, weshalb das Probereiten wesentlich zügiger von statten ging als von Dana geplant. „Sehr fein am Bein, nicht wahr?", strahlte der Verkäufer. „Da muss man nur atmen und denken, und dann macht er das schon." *Der wäre bestimmt was für Kiki.* Dana kehrte kurz in die Gegenwart zurück und berichtete.

„Solche feinen Pferde liebe ich", bestätigte Kiki. „hach. Aber eigentlich suchst ja du ein Pferd und nicht ich."

„Ich hab noch einen Händler am Start, der mir empfohlen wurde", erwähnte Dana. „Da fahr ich in den nächsten Tagen hin."

„Sven kennt da auch jemanden. Sprich mein Bruderherz mal an, der kann dir bestimmt helfen. Ganz abgesehen davon ist das richtige Pferd zu finden ja erst der Anfang. Es soll ja auch gesund sein. Die Ankaufsuntersuchung ist der nächste Haken."

„Wem sagst du das." Guntram hatte vor kurzem einen Fall bearbeitet, in dem es um gefälschte Ankaufsuntersuchungen gegangen war.

„Aber toll, dass die Demo gegen die Autobahn so erfolgreich war", wechselte Kiki das Thema.

Nach Kurt Puvogels Interview, in dem der Ministerialbeamte erklärte, der Autobahnbau würde keineswegs übers Knie gebrochen, sondern noch einmal komplett neu geprüft, hatte sich die Demo in Wohlgefallen aufgelöst. So eine Prüfung dauerte -zig Jahre, das war bekannt. Was genau der Herr Staatssekretär mit der Aussage, es hätten sich ganz neue Gesichtspunkte ergeben, gemeint hatte, wusste niemand so genau, aber Hauptsache, die A 666 war erstmal vom Tisch.

„Warst du da? Ich hab dich gar nicht gesehen."

„Einer muss sich doch um den Stall kümmern. Pferde füttern, Treckerfahren und so."

„Dass du das kannst", wunderte sich Dana, die schon an guten Tagen Probleme mit dem Rückwärtseinparken hatte.

„Reine Übungssache. Ist auch gar nicht so schwer", lachte Kiki. „Auf dem Land kann das jeder!"

Na dann viel Spaß beim Ermitteln, dachte Dana und war froh, dass nicht sie, sondern Guntram den treckerfahrenden Bronzedieb finden musste. Ganz zu schweigen vom Sattelgurtschlitzer, wie sie ihn insgeheim getauft hatte. Neuerdings kontrollierten alle Reiter des Petershofs die Ausrüstung ihrer Pferde vor jedem Ritt und warfen einander argwöhnische Blicke zu.

9

Mit der Kutschi zu den Schlammis – „Steht Papa unter Mordverdacht?" – Die Wachsamen Weganer – Ein Fohlen für Else

„Faxe, du hast da was!" Ich erbleichte. Eigentlich war ich tiefenentspannt auf mein Boxenpaddock geschlendert, um dort zu meditieren und allgemeine Ermittlungen anzustellen, und dann das! Mit einem Mal war ich sehr wach.

„Wo denn?" Faxe sah sich suchend um.

„Da, hinter dir!"

„Wo? Ich seh nix."

„Die die die die ..." Ich schloss die Augen. „Die Kutsche", brachte ich schließlich heraus.

„Ach die."

„Hast du denn gar keine Angst?"

„Nö. Du etwa?"

„Natürlich nicht", log ich. „Aber warum, Faxe? Warum die Kutsche?"

„Wir machen einen Ausflug zu den Schlammis, irgendwas für die Herbstjagd angucken. Und du darfst nicht mit. Ätsch."

„Ich will auch gar nicht mit. Ätsch. Im Gegensatz zu dir stelle ich wichtige Ermittlungen an."

Aber er hörte mich gar nicht, weil er schon mit Dana und Guntram im Schlepp davongerollt war. Melanie saß auf dem Kutschbock und schwang die Peitsche. Ich machte mir aber keine großen Sorgen um meinen Kumpel, da Melanie mit der Peitsche genauso geschickt wie meine sogenannte Besitzerin war und sich im Zweifel selbst damit traf.

Und jetzt? Ich sah mich unternehmungslustig um. Romeo war auch zuhause und guckte so kariert, wie diese Dressurkracher anscheinend immer gucken. Konrad war also keine Ausnahme.

„Was ist los, Romibärchen?", fragte ich.

„So hat sie mich immer genannt. Sara. Und jetzt ist sie tooo-hooo-hooot."

Das war ja nun nichts Neues. Ich versuchte es mit einen anderen Ermittlungsansatz: „Du hast lustige Haare!"

„Das sagt der Richtige", muffelte er mich an. Wenigstens heulte er nicht mehr. Aber ich muss zugeben, dass sich mein Leben verändert hat, seit mir die Frau die Stehmähne gefräst hat. Und zwar nicht zum Positiven.

„Kann halt nicht jeder so lange Fusselhaare haben wie Faxe oder Companero. Auf die Qualität kommt es an, nicht auf die Quantität", dozierte ich.

„Wusstest du eigentlich, dass es Extensions für Pferde gibt? Also so Haarverlängerungen für Schopf, Schweif oder Mähne? Bei Westernturnieren sieht man sowas häufig."

„Klar wusste ich das", erwiderte ich genervt. Es hatte ja schon gereicht, dass mir Peppy diese Pferde-Perücken unter die Nase gerieben hatte. Und jetzt kam auch noch Vollpfosten–Romibärchen damit an. Überhaupt: Seit wann war der denn schlau und wusste was? Ich hakte nach: „Und woher kennst du die Dinger?"

„Hat mir Peppy erzählt. Du weißt schon, die hübsche Quarter-Stute." Als ob ich nicht wüsste, wer Peppy ist! Eines dieser Mädchen, die einen in den Wahnsinn treiben können. Gottseidank hat sie sich für Faxe entschieden und nicht für mich. Wobei ich aus zuverlässiger Quelle erfahren habe, dass auch sie über Blackys Angebot, „ihr ein Fohlen zu machen. Geht auch ganz schnell", zumindest nachgedacht hat.

„Und was erzählt sie dir sonst noch?", fragte ich misstrauisch.

„Och. Eigentlich alles. Wir haben viel über Menschen gesprochen." Er zählte alle auf, die er kannte: „Sara, aber die ist ja toooo-hoooo-hooot.

Constantin. Der ist sehr traurig, aber insgeheim freut er sich."

„Ging ihm wohl auf die Nerven, das Sattelschleppen für die Sara", vermutete ich.

Ein neuerlicher Tränenausbruch war die Folge. „Gaaa-haaa-haaar nicht. Aber sie war wohl furchtbar reich und er nicht."

Das konnte ich nachvollziehen. Wenn die Stute total ranghoch ist und immer alles bestimmen will, macht so eine Beziehung einfach keinen Spaß. Fragt mich, ich weiß wovon ich spreche. Ich habe mit Else alle Höhen und Tiefen erlebt.

„Über Kiki haben wir auch gesprochen. Und Sven. Der wollte der Saaaa-haaa-raaaa immer Pferde verkaufen. Deshalb ist er immer um sie herumscharwenzelt. Und jetzt ist er traurig."

„Das kann ich mir vorstellen. Wo er jetzt ja keine reiche Kundin mehr an der Hand hat."

„Doch, Dana."

„Wieso denn das?" Meine sogenannte Besitzerin und reich – dass ich nicht lache! Wenn sie aus dem Auto steigt, kullern immer ein paar Pfandflaschen mit. Ich glaube, damit bezahlt sie ihre Reitstunden.

„Na, er sucht ihr doch ein Pferd! Da werden die jetzt auch viel Zeit miteinander verbringen. So wie Nele und Sven."

„Nele sucht doch gar kein Pferd. Oder?"

Aber Romeo sah mich nur rätselhaft an. „Ist es nicht komisch, dass Stuti wegen Sara gar nicht traurig ist? Die mochte sie einfach nicht. Nur ich bin traurig. Doof, oder?"

Ja, doof. Ich musste weg hier. Diese depressive Stimmung machte mich fertig.

***

„Macht doch Spaß, oder?" Melanie drehte sich auf dem Kutschbock um und strahlte ihre Passagiere an. Faxe trabte in gleichmäßigem Tempo durch die herbstliche Landschaft.

„Total! Aber sag mal, geht das auch schneller?", fragte Guntram. Dana, die sich gerade an das hochherrschaftliche Gefühl des Kutschefahrens gewöhnt und probeweise nach links und rechts gewunken hatte, teilte mit: „Nein, sonst wird das für Faxe zu anstrengend." Auch Melanie sah das so.

Glück gehabt. Die eine Ausfahrt mit einem wildgewordenen Kutschpferd hatte Dana gereicht. Wobei die Kutsche nur *fast* umgekippt war und das eigentlich auch nur, weil sie selbst dem Kutscher „Schneller, schneller!" ins Ohr gebrüllt hatte. Sie lächelte vornehm und dachte lieber an etwas anderes. Zum Beispiel an die Jagd, die in wenigen Tagen hier entlang gehen würde.

Der Stopp auf halber Strecke war in diesem Jahr erstmals bei den Schlammis. Hierfür hatten Vater Peters und Berti Schlammi eigens den langjährigen Nachbarschaftsstreit beigelegt, der darauf zurückging, dass Berti (in grauer Vorzeit) heimlich Gülle in die Meise eingeleitet hatte und seinen Hof verkommen ließ (aktuell), was Vater Peters aus naheliegenden Gründen ein Dorn im Auge war.

Aber momentan herrschte eitel Freude und Wonne und jeder bereitete sich auf seine Art auf das große Ereignis vor.

Dana erklärte Guntram die Funktion des Stopps auf einer Reitjagd. Dort können die Pferde vor dem anstrengenden Heimritt durchschnaufen und sich erholen. Die Reiter auch. Für die gibt es allerdings zusätzlich noch eine Stärkung, meist einen Eintopf und belegte Brötchen.

„Also eine Halbzeitpause", schlussfolgerte Guntram. „Guck mal, wir sind fast da!"

Allmählich näherte sich die Kutsche dem Hof der Schlammis. Die sanft bewaldeten Hügel rechts und links wichen und gaben den Blick auf das weite Tal frei.

„Schön ist das hier!", freute sich Melanie.

„Und stell dir vor, genau hier soll die Autobahn entlangführen!" erklärte Dana. „Die Pläne lagen auf der Demo aus."

Berti Schlammi erwartete sie schon: „Macht ihr eine Probefahrt für die Jagd? Ich hab schon gehört, dass ihr mit der Kutsche mitmachen wollt."

„Wir werden den anderen den Weg abschneiden und so die Ersten sein", lachte Melanie. „Guntram wollte sich so eine Reitjagd gern mal ganz aus der Nähe angucken und dabei bequem sitzen. Ach nein, das ist Dana." „Hexe!", zischte die und Melanie fuhr fort: „Guntram ist der, der mitreiten will, aber nicht darf."

„Soll ich euch alles zeigen?", bot Schlammi an. Sie bejahten und kletterten aus der Kutsche. Faxe wurde am mitgebrachten Halfter angebunden. „Also – hier vorn stellen wir Pavillons hin, für das Essen. Die Pferde können auf der Wiese geführt werden, damit sie verschnaufen können und dabei nicht auskühlen. Und hierhin kommen Tische und Bänke."

„Wow", machte Guntram. „Perfekt. Ist eigentlich deine Waffe wiederaufgetaucht?"

„Nö", machte Schlammi zerknirscht. „Aber dafür gab's auch keinen neuen Drohbrief!"

„Ich weiß nicht, ob das gut oder schlecht ist. Aber sonderlich beruhigend finde ich es nicht, dass hier jemand mit einem Gewehr herumläuft, dass er nicht haben dürfte!"

„Bist du etwa im Dienst?", fragte Dana. „Ich dachte, du hast frei!"

„Ein Beamter ist IMMER im Dienst, mein Herzblatt!", erwiderte Guntram.

Schlammi meldete sich wieder zu Wort: „Es kann ja auch einfach … weggekommen sein. Die Eva hat letztens aufgeräumt und seitdem finde ich nix wieder."

Guntram ließ das mal so stehen. „Und was sagst du zum Ausgang der Demo? Ich wusste gar nicht, dass die Autobahn genau hier entlang gebaut werden sollte!"

„Das haben wir gut hingekriegt, oder? Jetzt haben wir erstmal Zeit gewonnen. So oder so: Uns kriegt hier keiner weg", sagte Bertram Schlammer gemütlich und steckte die Hände in die Hosentaschen. „Eva und die Kinder, wir sind uns alle einig: Wir bleiben hier. Durch unseren Hof wird keine Autobahn gebaut!"

„Wolltest du nie weg von hier?"

„Nie. Ich hab immer gewusst, wo ich hingehöre. Sicher, man hat mir Kaufangebote gemacht. Erst kürzlich hat uns die Sara Silberblad besucht und mir eine Stange Geld geboten."

Guntram und Dana sahen sich an. Melanie war bei ihrem Faxeschätzchen und hörte nicht zu.

„So ein Schicki-Micki-Frauchen halt. Aber sehr nett. Ich hab gehört, dass sie tot ist. Das tut mir leid. Sie war wirklich eine ganz sympathische

Person. Wollte hier wohl Pferde züchten. Tja, also. Ich hätte reich werden können! Aber meine Wurzeln sind hier. Und mich kriegen sie nur mit den Beinen voran hier raus! Und da müssen sie sich auch erstmal jemand holen, der ihnen beim Schleppen hilft. Die blutarmen Jüngelchen heutzutage haben doch alle keine Kraft mehr!"

Guntram dachte an Jonas und seine Grünkohl-Smoothies und nickte.

„Die Mädels von heute, die sind taff. Die Kiki Peters zum Beispiel. Die fährt Trecker und arbeitet wie ein Kerl. Aber ihr nichtsnutziger Bruder, der Sven, der ist ein Schauspieler vor dem Herrn."

Bevor Guntram nachfragen konnte, was das denn nun bedeuten sollte, bekamen sie Gesellschaft. Timmy und Tommy Schlammer, Bertrams Söhne, hatten die Ankunft der Kutsche interessiert beobachtet und standen nun neugierig vor ihnen.

„Ermitteln Sie auch im Mordfall Silberblad?", fragte Tommy alias Thomas.

„Wie kommst du denn darauf, dass es ein Mord war?", erkundigte sich Guntram. Offiziell liefen die Ermittlungen unter „Unfall mit Todesfolge".

Sein Zwillingsbruder trat ihn vors Schienbein. „Du sollst nicht immer so vorlaut sein, hat Mama gesagt."

„Ich bin nicht vorlaut, sondern lediglich interessiert. Darüber hinaus unterstütze ich die Polizei bei ihren Ermittlungen", erwiderte Tommy erbost. Und zu Guntram gewandt: „Kuddi hat das erzählt."

„So so, der Kuddi. Wer ist denn das?"

„Kurt-Dieter Helmbrecht", kam die Antwort wie aus der Pistole geschossen. „Er ist Rettungsassistent und hat die Leiche von Frau Silberblad gesehen. Ich weiß auch, dass Frau Silberblad unseren Hof kaufen wollte. Steht Papa jetzt unter Mordverdacht?"

„Leichen sind voll eklig", sagte Timmy im Brustton der Überzeugung.

„Ich will Medizin oder Mathematik studieren und finde das überaus interessant. Steht er jetzt unter Mordverdacht oder nicht?", entgegnete sein nerdiger Bruder von oben herab.

„Wie alt bist du? Zehn?", fragte Guntram entgeistert.

„Fast elf", war die selbstbewusste Antwort.

***

Es war dunkel. Man hatte ihm die Augen verbunden und ihn irgendwohin gebracht. Er spürte die Anwesenheit mehrerer anderer

Menschen. Es roch nach Heu und Stroh. Was für eine blöde Idee. Er hatte mehr über die Wachsamen Weganer herausfinden wollen und Susa danach gefragt. Die hatte überlegt und ihm dann vorgeschlagen, um Punkt 21 Uhr auf dem einsamen Parkplatz zwischen Diepenwalde und Diepenmühle zu warten. „Wir können uns auch gern im Hellen treffen", hatte er erwidert, worauf Susa nur gelacht hatte. „Ich glaube, die Wachsamen Weganer wollen dich lieber im Dunklen kennenlernen.

Und nun saß er hier. Im Stroh, wie er glaubte. Inmitten von geheimnisvollen Menschen, die vielleicht nur Tierschützer, aber vielleicht auch Mörder waren. Hätte ich doch mal besser dem Chef Bescheid gesagt, dachte Jonas Schöller. Oder überhaupt irgendjemandem.

Schritte näherten sich. Seine Augenbinde wurde entfernt. Er blinzelte und schloss die Augen gleich wieder. Das hatte er sich sicher nur eingebildet! Vorsichtig öffnete er erst das eine, dann das andere Auge. Genau dasselbe wie vorher – um ihn herum saßen lauter weiß gekleidete und vermummte Weganer in den unterschiedlichsten Größen. Wobei - sah der eine Verschwörer nicht aus wie ein weißes Minishetty? Sicherlich eine optische Täuschung, dachte er und rieb sich die Augen. Als er sie wieder öffnete, war die optische Täuschung verschwunden. Blacky hatte sich hinter einem Strohballen versteckt, von dem er während der kommenden Ereignisse gemütlich speisen konnte.

Jonas sah sich vorsichtig um. Soweit er das im schummrigen Licht einer einsamen Taschenlampe, die weit entfernt auf einem Strohballen vor sich hin leuchtete, erkennen konnte, trugen alle einen Umhang, möglicherweise, um sich zu wärmen, oder aber, um nicht anhand der Kleidung identifiziert werden zu können. Vom Kind bis zum stämmigen Erwachsenen war alles dabei. *Ich bin von oberbergischen Superhelden entführt worden. Im Büro glaubt mir das keiner.* „Hallo", sagte er vorsichtig.

„Willkommen in unserer Scheune", begrüßte ihn jemand, den er für den Anführer der Wachsamen Weganer hielt. Jonas konnte die Stimme nicht erkennen, weil sich der Sprecher einen Schal vor den Mund gewickelt hatte. „Wir haben gehört, dass du dich für uns interessierst?"

„Ja. Weil ich Tierfreund bin und… und… und…" Das war ja schlimmer als an der Polizeischule. Da wurden auch immer so blöde Fragen gestellt. „Und weil ihr ein ganz schön geheimnisvoller Verein seid, über den ich gern mehr wüsste."

„Das sind wir in der Tat. Keiner von uns kennt den anderen, damit wir auch weiterhin für Tierrechte kämpfen können."

„Was kämpft ihr denn da so?" Allmählich wurde Jonas vorwitziger.

„Wir machen eigentlich alles – Aktionen gegen Massentierhaltung, gegen Pelztierfarmen, gegen Pelzmantelträger, gegen Tierversuche und natürlich auch gegen die Jagd", antwortete der Unbekannte. Unter dem Umhang der Gestalt neben ihm bewegte sich etwas.

„Und was für Aktionen macht ihr gegen die Jagd? Unternehmt ihr auch was gegen die Jäger oder stört ihr nur die Veranstaltung an sich??"

„Wir hängen Poster auf und versorgen die Presse mit Informationen. Wir beobachten Treibjagden und versuchen, die Wildtiere zu schützen. Und allesmögliche sonst", wedelte der Sprecher mit den Armen. „Aber alles gewaltfrei. Wir würden zum Beispiel nie einen Hochsitz ansägen, weil dabei jemand verletzt werden oder sterben könnte. So sind wir nicht. Da würden wir uns ja auf dieselbe Stufe wie die Jäger stellen."

Unter dem Umhang nebenan herrschte weiterhin Unruhe. Eine Stimme flüsterte: „Sitz, Dieter!"

„Also Hochsitze ansägen tut ihr nicht", wiederholte Jonas. „Hasen kreuzigen dann schon gar nicht, oder?"

„Um Himmels willen! Wir schicken schon mal den ein oder anderen Drohbrief, aber mehr auch nicht."

Blacky hatte genug gehört, verabschiedete sich nicht ohne Bedauern von seinem Strohballen und verließ die Scheune durch das Loch in der Bretterwand, durch das er hereingekommen war.

***

„Du Sven", begann Dana. Sie waren zurück auf dem Petershof, Svens Springstunde war gerade vorbei und Danas Sehnsucht nach einem neuen Pferd ungestillt.

Guntram hatte sich zu den anderen ins Reiterstübchen gesetzt, wo die Ritter der Tafelrunde ihre Heldentaten beim Überwinden der Hindernisse besprachen und wo ein Cavaletti auch schon mal zu einem Steilsprung mutierte – „aber nur einem ganz kleinen". Svens Fanclub - Lara, Nele und Susa – wärmte sich ebenfalls im Reiterstübchen auf und sprach über nichts anderes als den attraktiven Springreiter, der bestimmt gleich noch vorbeikommen würde.

„Ja?" Sven saß auf Captain, seinem Lieblingspferd, mit dem er gerade einen aberwitzig hohen Parcours gesprungen war. Jetzt ging er Schritt am langen Zügel und Dana wanderte mit. Zwischendurch rückte sie Captains

Abschwitzdecke zurecht, wenn die sich zu verselbständigen drohte.

„Siehst du das? Wenn sie bei mir doch auch mal so bemüht wäre." Ich schüttelte den Kopf.

Faxe antwortete stoisch, wie das so seine Art war: „Jeder so, wie er kann."

„Du Sven", wiederholte Dana, „ich suche doch ein spanisches Pferd."

Sven nickte. „Und?"

„Und deine Schwester meint, du wüsstest da was. Es sollte nicht zu groß sein, aber auch nicht zu klein. Und bequem. Und brav. Und gute Grundgangarten haben, aber zu teuer darf es auch nicht sein. Und ein hübsches Köpfchen sollte es haben, wobei natürlich der Charakter entscheidet", beschrieb Dana das Wundertier, das sie mit Svens Hilfe zu finden hoffte.

Sven zog die Reitkappe aus und schüttelte seine langen dunklen Haare. *Ist der Kerl attraktiv! Bei dem sieht sogar ein 3-Tage-Bart gut aus, obwohl das total out ist,* fuhr es Dana in den Kopf. *Und dann springt der einfach so diesen selbstmörderischen Parcours, ohne mit der Wimper zu zucken! Wahnsinn! Und noch dazu ein ganz netter bodenständiger Mensch. Inklusive Treckerfahren. Obwohl – Sinn für Humor hat er keinen. Nie gehabt. Dafür steht ihm sein trauriger Blick ausgesprochen gut. Sieht direkt tragisch aus. Als würde ihn ein düsteres Geheimnis umgeben. Hach!*

Irgendwie versteh ich ja die Mädels, die für ihn schwärmen.

Dann meldete sich eine leise Stimme in ihr, die fragte: *Treckerfahren kann er auch? Wie der Bronzepferde-Klauer? Ach was. JEDER hier kann Treckerfahren! Oh, er spricht mit dir!*

„Kennst du den GAULL? Gabriel Ullrich, den Bildhauer", fragte Sven gerade.

Dana nickte beeindruckt.

„Seiner Freundin hab ich letztens einen schicken PRE besorgt. Der Züchter hat noch mehr gute Pferde. Den würde ich dir dringend empfehlen. Sehr fair, sehr ehrlich und sehr gute Pferde. Und auch bezahlbar", setzte er hinzu, als er die unausgesprochene Frage in Danas Augen sah. „Wenn du willst, ruf ich ihn gleich mal an."

„Oh ja, bitte!", jauchzte Dana wie ein Teenie. *Peinlich und uncool. Aber er hat vielleicht ein Pferd für mich!*

„Siehst du, was ich meine? Aber sie ist sehr süß, deshalb behalte ich sie", erklärte ich Faxe. „Und du sagst, Sara Silberblad wollte den Schlammi-Hof kaufen? Ist ja interessant."

„Nicht ich sage das, sondern Berti Schlammi selbst. Ich wiederhole es nur."

„Jetzt komm mir nicht mit Spitzfindigkeiten, dafür bin ich zuständig", wies ich ihn in seine Schranken.

Dana war unterdessen beschwingt ins Reiterstübchen gehüpft, wo sie Guntram mit allerlei Informationen überschüttete. Folgendes kam bei ihm an: Dieser Sven ist ein echt krasser Typ, der sich was traut. Und er hat vielleicht ein Pferd für Dana. Und außerdem kennt er Gabriel Ullrich alias GAULL und kann Trecker fahren. Nachdenklich nickte er. Genau in dem Moment klingelte sein Handy.

Wenig später wusste es jeder: Schon wieder war ein Bronze-GAULL gestohlen worden. Der Azubi war völlig verpennt zum Dienst erschienen. Und Spaziergänger hatten einen weiteren angesägten Hochsitz entdeckt.

***

Alles, was unser dösiges Dressurgenie Konrad dazu zu sagen hatte, war: „Ich hätte auch mal fast eine eigene Statue bekommen", was aber von Romibärchen mit den Worten: „Und ICH hatte eine!" gekontert wurde.

„Und die war so schön, dass sie geklaut wurde!", bemerkte Else schwärmerisch.

In der Ferne hörte man das Motorengeräusch eines Treckers.

„Ah, Möhren-Mike!", bemerkte Faxe sachkundig.

„Kann gar nicht sein, der fährt einen Lkw!"

„Sonst ja, aber heute nicht. Der Lkw ist in der Werkstatt und Mike liefert heute mit dem Trecker aus", belehrte uns Bella. „Blacky hat ihn beobachtet. Er ist ja soooo klug!"

Ein selbstzufriedenes Brummeln aus der hintersten Ecke des Stutenpaddocks belehrte uns, dass Blacky im Halbdunkel seinen finsteren Geschäften nachging und den Mädels anbot, ihnen ein Fohlen zu machen, „geht auch ganz schnell!" Immerhin, so langsam lernte er unsere Sprache. Wenn es auch noch nicht für eine vollwertige Unterhaltung reichte, für seine niedrigen Ansprüche genügte es. *Niedrige Ansprüche*. Ich musste über mein eigenes Wortspiel lachen.

„Lästerst du wieder über Minishettys?", fragte Bella misstrauisch.

So langsam sah ich meine Felle davonschwimmen. Also mädchentechnisch. Die Ermittlungen liefen bombig, da musste ich nur noch die Einzelteile zusammenpuzzeln. Aber die Mädels kamen mir nach und nach abhanden. Stuti und Else bewunderten Konrads und Romibärchens Muskeln und glaubten ihnen jeden Unfug, den sie von sich gaben. Außerdem war Romibärchen ja so arm und traurig. Peppy stand unter Faxes persönlichem Schutz und ich wollte ihm die

Illusion nicht rauben. Na ja, und Lisette stand bei Blacky und hielt den grässlichen Gnom in Schach. Wenn auch mit einem mütterlichen Glanz in den Augen.

Was tun? Ich setzte alles auf eine Karte und sah Else tief in die Augen, bevor ich ihr ins Ohr flüsterte.

„Du willst was?" Else sah mich entgeistert an.

„Ein Fohlen von dir", widerholte ich schüchtern.

10

Die große Herbstjagd – Bella und Blacky wissen Bescheid – Stopp auf dem Schlammi-Hof – Babybär – „Nicht da lang fahren!" – Plötzliche Flucht

Über die Nacht möchte ich lieber schweigen, nur so viel: Ich wusste nicht, dass Pferde so lachen können, dass sie davon Seitenstiche bekommen. Else konnte das aber. Und einige andere auch. Anscheinend führt kein Weg an diesen Extensions vorbei.

Wenigstens war am Morgen für eine gewisse Ablenkung gesorgt, denn der große Tag war endlich da: Die Herbstjagd begann! Diejenigen von uns, die den Tag nicht gechillt auf dem Paddock verbringen konnten, wurden von aufgeregten Menschen gesattelt, die aber ganz cool taten oder es vereinzelt wirklich waren. Einer davon war natürlich Sven, klar. Aber auch die anderen Mitglieder der Tafelrunde wirkten locker und scherzten. Nach und nach trudelten immer mehr Pferdehänger aus den eingeladenen Reitställen ein, wenn die Reiter nicht einfach direkt zu uns herübergeritten waren. Faxe wurde vor die

Kutsche gespannt und sollte Dana und Guntram zu verschiedenen interessanten Aussichtspunkten und zum Stopp auf dem Schlammihof befördern. Er tat so, als ob das was Besonderes wäre.

„Ja, Extra-Arbeit", lästerte ich.

„Nee, tragende Rolle!", grinste er.

„Wohl eher Abschleppdienst." Ich sah vielsagend zur Kutsche.

Die Bläser waren angekommen. Die Spannung stieg und alle Anwesenden redeten durcheinander:

„Wer ist eigentlich der Master?"

„Sven natürlich. Sonst ist keiner lebensmüde genug."

„Der reitet in letzter Zeit wirklich wie ein Selbstmörder. Meinst du…?

„Nein."

„Wie wollen die Peters' eigentlich seinen Fanclub von ihm fernhalten?"

„Die Mädels? Ich glaube, die haben von ihm Reitverbot bekommen. Er sagte, er wollte nicht daran schuld sein, wenn die sich den Hals brechen. Wobei der Fanclub geschrumpft ist. Susa trifft sich nämlich mit Jonas, dem Polizei-Azubi."

„Ist die nicht auch Jagdgegnerin? Also nicht so eine Reitjagd, wo alle Sven verfolgen, sondern DIE Jagd. Mit Schießen."

„Glaub schon."

„Und handwerklich geschickt ist sie auch, oder?"

„Zum Hochsitz ansägen dürfte es reichen."

„Hm."

„Hm."

„Ich kann mich gar nicht erinnern, ob sie Sara mochte oder nicht."

„Vielleicht war sie eifersüchtig, weil Sven mehr Zeit mit Sara verbracht hat als mit ihr?"

„Hm."

„Hm."

Und dann war es auch schon Zeit für den Aufbruch. Die Reiter versammelten sich, Vater Peters hielt eine kurze Rede und die Jagdhornbläser tröteten ein Signal. Faxe bekam einen ganz merkwürdigen Gesichtsausdruck. Dana, die neben Guntram in der Kutsche saß, auch. Und dann ging es los!

Interessiert sah ich dem mehr oder weniger geordneten Aufbruch zu. Mehrere Pferde wollten jetzt schon Erster sein und ihre Reiter hatten alle Hände voll zu tun. Auch die Kutsche war schneller unterwegs als von Melanie geplant.

„Und dann reiten sie doch nur einmal im Kreis und kommen wieder hierhin zurück", sagte eine zynische Stimme weiter unten. Bella! So klein und doch so abgeklärt, wie es nur ein Minishetty sein kann.

„Wenigstens ist es ein großer Kreis. Größer als die kleinen Kringelchen beim Dressurreiten."

„Im Kreis rennen ist sowieso der größte Schwachsinn", erwiderte meine Gesprächspartnerin überzeugt.

Ich nickte nachdenklich.

„So wie der doofe Constantin. Ist immer im Kreis um Sara rumgerannt. Und was hat er jetzt davon?" Sie lachte meckernd.

„Viel, viel Geld", antwortete ich versuchsweise.

„Ganz genau, sagt Blacky", antwortete Bella triumphierend. „Er hat ihn beobachtet. Blacky weiß ALLES!"

„Weiß er auch, wer Saras Sattelgurt durchgeschnitten hat?"

„Bestimmt. Hey, aber weißt du, dass Sven auch immer um Sara herumscharwenzelt ist?"

„Klar. JEDER ist um Sara herumscharwenzelt, weil sie nett und großzügig war."

„Bei den beiden war es anders." Sie nickte bedeutungsvoll.

„Aha." Ich hatte keine Ahnung, worauf sie hinauswollte.

„Und jetzt dreht er seine Kreise um Dana", gab Bella zu bedenken.

„Nein, das ist Guntram. Guntram lässt sie nicht aus den Augen, aber Sven besorgt ihr ein

Pferd. Damit ICH mehr Freizeit habe." Ich lächelte wissend.

„Raffiniert. Hätte ich dir gar nicht zugetraut." Und weg war sie.

***

Die Jagdhornbläser tröteten mal wieder. Dana hätte sich am liebsten die Ohren zuhalten. Aber sie wollte vor Guntram keine Schwäche zeigen. Und in einem Punkt musste sie ihm Recht geben: Die Reiter mit ihren roten Röcken gaben vor der Kulisse der bunten Wälder und des blauen Himmels ein großartiges Bild ab. Sie sah aus der Kutsche heraus und fühlte sich wie aus der Zeit gefallen. Faxe hatte die Kutsche auf verschlungenen Pfaden durch die Wälder gezogen und ihnen Einblicke in das rasante Treiben der Reitjagd gegeben. Sven ritt halsbrecherisch, aber seine Verfolger hielten mit und sahen so aus, als würde ihnen der schnelle Ritt gefallen. Auch die Pferde hatten ihren Spaß und konnten sich im Galopp endlich einmal lang machen. Guntram guckte neidisch und freute sich lautstark auf das nächste Jahr, in dem er ganz bestimmt mitreiten würde. Dana hielt sich mit Prognosen über eigene

Jagdaktivitäten dezent zurück. *Ich bin ja nicht lebensmüde.*

Als die Villa Silberblad in Sichtweite kam, bewunderte Dana die lückenlos aufgeforstete Hecke. Auch der das Anwesen umgebende Acker war gepflügt worden, so dass nichts mehr von dem eigenartigen Einbruch kündete.

„Habt ihr eigentlich mittlerweile etwas über die Bronzediebe in Erfahrung bringen können?", erkundigte sie sich bei Guntram.

„Vorsichtig ausgedrückt, könnte man sagen, dass die Ermittlungen nicht ganz oben auf der Prioritätenliste stehen. Der Kollege Wollmeier vernimmt am laufenden Band Personen, die Sara Silberblad kannten und auf dem Petershof verkehrten und hofft darauf, dass sich jemand spektakulär verplappert. Weil das bisher noch nicht passiert ist, ist seine Laune ausgesprochen schlecht. Jonas sucht nach Leuten, die es auf die Schlammis abgesehen haben und googelt in seiner Freizeit nach Bronzepferden, Metallbörsen und Schrotthändlern, die er telefonisch und per Email ausfragt. Und ich schreibe Berichte und stelle all die Fragen, die die beiden noch nicht gestellt haben."

„Zum Beispiel?"

„Zum Beispiel, warum Sven nach den bisherigen Zeugenaussagen so oft mit Sara zusammen war. Hatten die beiden was miteinander?"

Dana fiel der Unterkiefer runter. Faxe, der eifrig gelauscht hatte, auch. „Meinst du wirklich?"

„Eine bessere Erklärung haben wir noch nicht gefunden. Sven streitet alles ab. Der Kontakt wäre rein beruflich gewesen."

„Also wenn da was war, dann haben sie es wirklich sehr dezent gemacht. Ich hab überhaupt nichts mitgekriegt."

„Ich auch nicht!", meldete sich Melanie vom Kutschbock.

Vorn fern hörten sie Jagdhornsignale.

„Wenn wir den Waldweg da vorn nehmen, haben wir gleich einen schönen Blick ins Tal und sind auch schnell bei den Schlammis", teilte Melanie mit und ließ Faxe schneller gehen.

***

Über dem Schlammihof hing eine Dunstglocke aus Pferdeschweiß und Erbsensuppe. Berti hatte sich nicht lumpen lassen und ordentlich aufgefahren. Für die Reiter gab es Tische und Bänke und zum Führen der Pferde hatte er eigens Klassenkameraden von Timmy eingeladen. Tommys Klassenkameraden waren wesentlich älter als er und interessierten sich eher für Mädchen als für Pferde; die hatte Berti also nicht fürs Pferdeführen begeistern können. Die Sonne schien hell auf die Wiese, auf der die Pferde im Schritt gingen und zwischendurch ein paar Grashalme rupften. Faxe gesellte sich dazu.

„Vielleicht sieht Sven ja deshalb so depressiv aus und reitet wie ein Selbstmörder, weil er um Sara trauert?", flüsterte Dana Melanie ins Ohr.

„Oder bei ihrem Tod nachgeholfen hat und es jetzt bedauert? Vielleicht wollte sie sich nicht von ihrem Mann trennen und ein Wort gab das andere. Vielleicht wollte sie sich aber auch von Sven trennen? Und wenn man so einen Sattelgurt anritzt, dann ist man selbst ja nicht der Böse, sondern überlässt die eigentliche Tat dem Schicksal. Nach einer zugegeben verqueren Logik", gab die zu bedenken.

„Ich kann mir das gar nicht vorstellen. Er ist doch der liebe Svenni, Kikis Bruder. Guntram, bringst du mir bitte eine Erbensuppe mit?"

„Mir auch? Wir behalten hier solange alles im Auge."

Am Suppenkessel begegnete Guntram entweder Timmy oder Tommy, der mit der Suppenkelle hantierte und Teller befüllte.

„Wollen Sie das wirklich essen?", fragte Timmy/Tommy, als Guntram an der Reihe war.

„Klar, warum denn nicht? Du bist Tommy, richtig?"

„Thomas", korrigierte der Junge. „Weil da Schweinefleisch drin ist. Das begünstigt Herz-Kreislauf-Erkrankungen und erhöht Ihr Krebsrisiko."

„Ich nehme trotzdem drei Portionen, vielen Dank", erwiderte Guntram.

„Und? Wie laufen die Mordermittlungen so? Sagen Sie mir nur Bescheid, wenn Sie Hilfe brauchen!"

„Wenn du herausbekommen könntest, wo das verschwundene Gewehr ist, hättest du zumindest deinem Vater schon mal einen großen Gefallen getan."

„Ist OK, ich kümmere mich darum."

Kopfschüttelnd nahm Guntram die gefüllten Teller in Empfang und balancierte sie zum Tisch.

***

„Babybär?", rief Else.
Ich tat so, als würde ich nichts hören.
„BABYBÄR!!!"
Vergeblich. Schon stand sie neben mir.

„Babybär, was ich dich unbedingt noch fragen muss, bevor wir mit der Familienplanung beginnen..."

Das hatte ich nun davon. Ein gefühlsduseliger Moment und seine Folgen. Seit dem verhängnisvollen Moment, in dem ich Else gebeichtet hatte, dass ich gern ein Fohlen mit ihr hätte, nannte sie mich Babybär. Eigentlich war es pure Berechnung gewesen, weil Blacky sich an alle verfügbaren Stuten herangemacht hatte und mir das Argument „Fohlen" überzeugend vorkam. Nach einer übertrieben fröhlichen Reaktion ihrerseits, die mir zeigte, wie groß ihre Vorfreude war, war sie auf die unselige Idee gekommen, mich „Babybär" zu nennen.

„Else, ich heiße nicht Babybär", erklärte ich.

„Für mich schon", erklärte sie verträumt lächelnd.

Und da möchte ich denjenigen sehen, der ihr widerspricht, wenn sie mit drohend geblecktem Gebiss vor einem steht und doppelt so groß und vor allem doppelt so breit ist wie man selbst. Ich lenkte also ab: „Wieso bist du eigentlich nicht bei der Jagd?"

Sie lächelte immer noch. Allmählich wurde mir diese permanent gute Laune unheimlich. „Hufeisen verloren! Damit wir beide mehr Zeit für uns haben, Babybär. Ich halte nämlich nichts von berufstätigen Müttern."

„Erst mal müssen wir das Fohlen anfertigen, Else", zwinkerte ich ihr zu.

„Fohlen? Soll ich ein Fohlen machen? Geht auch ganz schnell!" Da war er wieder. Blacky. Aber er war nicht allein. Bella schlenderte nachdenklich hinter ihm her.

„Bella! Du hier und nicht im Knast?", begrüßte ich sie freudig.

„Es war knapp", erklärte die Minishettystute mit genervtem Gesichtsausdruck. „Mein Ex-Macker", sie deutete auf Blacky, „hat's vermasselt. Und nur dank meines genialen Fluchtplanes ist uns keiner draufgekommen."

Folgendes war passiert: Der große Überfall auf den noch größeren Möhrentransport war minutiös vorbereitet worden. Allerdings ohne mich, wahrscheinlich, weil mir mein Ruf als Ermittler vorausgeeilt war. Zum Zeitpunkt X hatte Bella sich mitten auf den Weg gelegt, an dem Mike vorbeikommen musste.

„Damit er anhalten muss, klar?", erklärte Bella.

Ich nickte.

„Mike sollte dann aussteigen und sich um mich kümmern, während die anderen die Möhren vom Anhänger holen. Das ist eigentlich idiotensicher, weil es nur so ein Anhänger mit Plane drauf ist. Faxe hat mir versprochen, dass er das hinkriegt." Ihre Stimme zitterte vor Wut.

„Aber es hat nicht geklappt?"

„Nein! Weil dieser verdammte Idiot hier", sie wies erneut auf Blacky, der uns ungerührt anglotzte, „zu blöd war, sich um Mikes Termine zu kümmern. Der ist nämlich eine andere Strecke als sonst gefahren, weil er noch einen Sonderposten Rote Bete ausliefern musste. Und jetzt frage ich: Hätte dieses Zwergenhirn hier das nicht rechtzeitig wissen müssen? Immerhin hat er behauptet, er würde Mike rund um die Uhr beschatten. Na? Na?? Naa??? Und ich liege auf der Straße rum und langweile mich zu Tode, während Mike woanders durch die Landschaft scheppert. Mit Roter Bete. Rote Bete mag ich total gern, aber dieser Vollpfosten von Blacky hat sie mir einfach nicht gegönnt."

„Du musst das nicht persönlich nehmen, Bella", versuchte ich sie zu besänftigen.

„Wie denn sonst? Was hast du denn noch zu essen?" Sie spähte in die Heuraufe. „Heu. Langweilig. Ich weiß, wo es Äpfel gibt. Komm mit, Zwergenhirn."

Blacky grinste Else entschuldigend an und folgte Bella.

***

Die Jagdbläser tröteten wieder.

„Ein Jagdsignal", übersetzte Dana auf Guntrams fragenden Blick hin.

„Aha", sagte der mäßig überrascht.

„Sie blasen zum Aufbruch", erklärte Melanie. Inzwischen hatten sich alle gestärkt und den ein oder anderen Schluck flüssigen Mut zu sich genommen.

Eva Schlammi kam mit einem Tablett voller kleiner Gläser vorbei und bot undefinierbare und wahrscheinlich selbstgebrannte Schnäpse an. „Alles aus eigenem Anbau", erklärte sie.

„Nee, lass mal", erklärte Guntram. „Wie geht's denn eigentlich jetzt weiter?"

„Die Irren hier", Dana wies in die Runde, „schwingen sich wieder auf ihre Pferde und machen die Gegend unsicher. Zum Schluss gibt's noch das Fuchsschwanzgreifen. Dafür wird sich Sven", sie deutete auf ihn, „einen Fuchsschwanz an die Schulter hängen und wie eine gesengte Sau weggaloppieren. Wer mit seinem Pferd nah genug an ihn herankommt und ihm den Fuchsschwanz abrupfen kann, hat gewonnen."

„Der arme Fuchs", murmelte Guntram.

„Der Fuchsschwanz ist doch aus Plüsch, dafür musste keiner sterben", beruhigte ihn Melanie. „Normalerweise sind der Master und der Fuchs – also Sven - nicht identisch, das heißt, einer führt an, nämlich der Master, und hinterher übernimmt der Fuchs. Weil sie aber in unserem Reitstall dieses Mal keinen zweiten Bekloppten gefunden haben, macht Sven beide Jobs. Während die anderen einen großen Bogen reiten, fahren wir hier vorn über die Holzbrücke und dann ein bisschen links und rechts und schneiden ihnen den Weg ab. Das ist für Faxe nicht so anstrengend."

Gesagt, getan. Die Reiter machten sich und ihre Pferde startklar. Guntram und Dana schwangen sich wieder in die Kutsche und Melanie entfernte Faxes Kopf mit Mühe aus dem Herbstgras.

„Kann losgehen", kommandierte sie und wedelte mit der Peitsche. Faxe setzte sich in Bewegung und näherte sich der Holzbrücke, die die Meise – hier noch ein Bächlein – überspannte und die beiden Hälften der Weide miteinander verband.

„Haaalt! Nicht da lang fahren!" Sven galoppierte auf Captain heran. Er schrie und fuchtelte mit den Armen. Captain tänzelte. Faxe hielt das für Energieverschwendung und fraß lieber ein paar Grashalme.

„Warum denn nicht? Das bin ich schon oft", erwiderte Melanie und trieb Faxe erneut an.

„NEEEEIN! IHR KÖNNT NICHT ÜBER DIE BRÜCKE!!!", heulte Sven auf, warf Captain herum und ließ ihn angaloppieren. Er hielt auf den Wald zu.

Die Reiter sahen sich erstaunt an. „Hatte er nicht gesagt, dass es nach dem Stopp ruhiger weitergeht?"

„Eigentlich schon. Aber was solls, Jagd ist Jagd. Hinterher!"

Das Jagdfeld folgte ihm. Guntram, Dana und Melanie sahen sich erstaunt an. Guntram war der Erste, der reagierte. Er sprang aus der Kutsche und untersuchte die Brücke.

„Bisschen baufällig ist die ja", trieb Dana Konversation.

„Nicht nur das", knurrte Guntram, der von unterhalb der Böschung wieder auftauchte. „Jemand hat die Brückenpfeiler angesägt. Ganz davon abgesehen, dass die Brücke ohnehin so wackelig ist, dass sie wahrscheinlich beim nächsten Viehtrieb durchgebrochen wäre. Aber jemand – Sven? – wollte wohl auf Nummer sicher gehen. Ich rufe die Kollegen an."

Für Sven war die Jagd dann auch schnell vorbei. Er hatte sich – vom Jagdfeld verfolgt – bis zum Petershof durchgeschlagen, wo er schon von POM Wollmeier erwartet und festgenommen wurde. Die Jagdreiter reagierten irritiert auf diese Störung des gewohnten Ablaufs und bestanden auf dem traditionellen Fuchsschwanzgreifen. Außerdem war eigentlich nicht klar, weshalb Sven festgenommen wurde. Endlich kam die Kutsche mit Dana, Guntram und Melanie an. Die Reiter scharten sich um sie und Guntram erklärte, Sven würde bei den Ermittlungen helfen. Diese Erklärung wurde akzeptiert.

„*Weil er fliehen wollte und wir nicht wissen, warum* ist als Grund ja auch ein bisschen doof", raunte Guntram in Danas Ohr.

11

Das Verhör – „Taschentuch?" – Der sogenannte kleine Bruder – Blacky und die blonde Tussi – Guntram löst auf – Noch eine Festnahme - Ich kläre den Rest und das große Ganze

Im Verhör brach Sven zusammen. Er hatte Sara geliebt, sie ihn auch und sich von Constantin trennen wollen. Nur wegen Constantins zarter Romantikerseele war sie noch bei ihm geblieben. Und weil sie Angst hatte, er würde sich etwas antun, wenn sie ihn verließe.

Sara hatte vorgehabt, Schlammi mit Svens Hilfe von seinem Grund und Boden zu vergraulen, den heruntergekommenen Hof wieder in Schwung zu bringen und dort mit Sven zusammen Pferde zu züchten. Also hatte Sven Schlammis Hochsitze angesägt und zu guter Letzt auch die Viehbrücke, ohne zu ahnen, dass Melanie dort eines Tages mit der Kutsche herüberfahren wollte. Und jetzt flossen die Tränen.

„Und der arme Haa-Haaase. Das war furch-furchtbar", schniefte Sven. „Und die arme Saaa-haa-raa. Du ka-kannst dir nicht vor-vorstellen, wie schrecklich es ist, wenn man die ganze Zei-heit schauspielern muss und kei-keiner sehen darf, wie dre-heckig es einem geht. Nun ist sie too-hoo-hoot, meine Saaa-haa-raa. Wer hat ihr das nur angetan?"

So langsam geht mir diese Heulerei echt auf den Senkel, dachte Guntram. „Taschentuch?"

Sven griff dankend zu und schnäuzte sich dröhnend.

„Wusste Constantin von Sara und dir?"

„Kann ich mir nicht vorstellen. Bei uns am Hof hat's ja auch keiner gemerkt."

„Stimmt. Und alle haben Sara geliebt."

„Alle außer Nele. Ich glaube, die hat mich gestalkt und war eifersüchtig. Sara und ich, wir haben uns ja schon öfter unterhalten, aber immer über unverfängliche Themen. Aber Nele war echt schräg drauf. Die hat mich regelrecht verfolgt und belauscht. Sie meinte, wir hätten viel gemeinsam."

Guntram notierte sich das.

„Wo wir uns grad so nett unterhalten, wollte ich dich auch noch zu den Bronzediebstählen befragen. Dana sagt, du kennst den Künstler."

„Bronzediebstähle?" Sven guckte verwirrt.

„Na, die Bronzepferde. Die GÄULLE."

„Ach, die GÄULLE!" Er begann zu lachen und wurde dann wieder ernst. „Wenn du es keinem weitersagst, verrate ich dir was."

Guntram wiegte zweifelnd das Haupt. „Das kann ich nicht versprechen."

„Ist ja auch egal, die Geschichte ist einfach zu gut, um wahr zu sein. Pass auf. Der durchgeknallte Gabriel hat die Diebstähle selbst inszeniert, um für sich Werbung zu machen und die Nachfrage anzukurbeln. Denn wer einmal so einen GAULL hatte, will wieder einen. Statussymbol und so. Bekloppt, oder?"

Da musste ihm Guntram Recht geben.

***

„Guck mal, Pfridolin, das ist dein kleiner Bruder", gurrte Dana. „Sei immer lieb zu ihm!" Neben ihr glotzte ein langmähniger, pummeliger Rappe mit eigenartigem Brandzeichen doof in der Gegend rum.

Für wie blöd hält sie mich eigentlich? Kleiner Bruder, ha! Das kann doch ein Blinder mit dem Krückstock sehen, dass Dana nicht meine wirkliche Mutter ist. Dementsprechend legte ich die Ohren an und giftete den Neuankömmling erstmal an.

Der verstand offensichtlich kein Deutsch. Vielleicht war er auch nur dumm, denn sein Gesichtsausdruck veränderte sich um keinen Deut.

Else war da anders. „Ein Baby", flötete sie. „Das ist jetzt meins!"

„Wenn, dann ist es unseres", erklärte ich mit fester Stimme. „Wenn schon Babybär, dann auch richtig."

„Nein, meins. Ich bin alleinerziehend. Ich führe ein freies und selbstbestimmtes Leben."

„Bin ich denn nicht mehr dein Babybär?" Ich sah sie so seelenvoll an, wie ich nur konnte.

Das hatte leider nicht den gewünschten Erfolg, aber immerhin fütterte mich die Frau jetzt mit Leckerlis, weil zumindest sie meinem unwiderstehlichen Blick erlegen war. Im Gegensatz zu Else, die jetzt vernehmlich mit Stuti tuschelte: „Und die lange Mähne – wie ein Barbiepony! Ist er nicht süüüüüüüß?"

Zum Dank schmachtete das spanische Mähnenwunder sie mit einem grenzdebilen Augenaufschlag an.

„Ach Else", lächelte ich gönnerhaft. „Wenn die Frau dem Zottelzwerg erstmal die Mähne geschnitten hat, reden wir weiter."

Woraufhin der sich unaufgefordert ins Gespräch einmischte: „Hombre, waßß mit deinen Haaren loßß?"

Ich strafte ihn mit eisiger Verachtung. „Das trägt man jetzt so!", zischte ich.

„Ssssieht comico auß", wandte sich der Gnom an Else und klimperte mit seinen langen Wimpern.

„Das heißt Stehmähne, mein Schatz", erklärte Else liebevoll, woraufhin sie und das spanische Mähnenwunder in meckerndes Gelächter ausbrachen.

Diese plötzliche Heiterkeit ging mir mächtig auf den Zeiger. Gottseidank hatte die Frau die Jacke mit den extra großen Taschen an. Ich steckte versuchsweise meine Nase hinein. Bingo! Randvoll mit Leckerlis. Liebe geht doch durch den Magen, da können die anderen sagen, was sie wollen. Als die Taschen leer waren, wanderte ich schlechtgelaunt auf mein Boxenpaddock. Sollten die Doofen doch da drinnen unter sich bleiben.

Ein plötzliches Stupsen in Bauchhöhe lenkte mich ab. Bella!

„Ich geh immer dahin, wo es Leckerlis gibt. Meistens fallen welche runter", erklärte sie mit vollem Mund.

„Sonst noch was?", ätzte ich.

„Ja, Blacky hat was gesehen."

„Toll. Und deshalb gehst du mir auf die Nerven? Weil dein bescheuerter Zwergenfreund was gesehen hat? Seit wann seid ihr überhaupt wieder zusammen?"

„Eifersüchtig?", fragte sie.

Ja, aber das würde ich niemals zugeben. Ich lenkte ab. „Was hat er denn gesehen?"

„Wer sich am Sattelgurt der blonden Tussi zu schaffen gemacht hat."

Blonde Tussi? Wohnte seit neuestem eine Haflingerstute bei uns im Stall, die man mir verheimlicht hat? Ich MAG Haflingerstuten. Also eigentlich mag ich alle Stuten, aber Haflingerstuten ganz besonders. Die sehen so freundlich aus. Im Gegensatz zur dicken Else mit den vielen Zähnen. Oder der aufmüpfigen Stuti, die jetzt nur noch mit den anderen Mädels abhängen will.

„Was denn für eine Haflingerstute?", erkundigte ich mich bei der leider schon vergebenen Bella mit den entzückenden Rehaugen.

„Haflingerstute? Bist du irgendwie doof oder so?"

„Du erwähntest eine blonde Tussi", erinnerte ich sie.

„Ja, die komische Frau, die mitsamt Sattel von diesem Romeo geknallt ist und sich sämtliche Gräten gebrochen hat. Die immer so gelacht hat. So: Ahahaha-hi!"

Mit einem Mal war ich hellwach. „Blacky weiß, wer Sara Silberblad auf dem Gewissen hat?"

„Klar. War zufällig gerade im Stall und hat alles gesehen."

***

„Der liebe Conni hatte eine Schwäche für das schöne Leben. Das hat ihm letztlich das Genick gebrochen. Nachdem er Sara den Sattelgurt angesägt und IHR damit das Genick gebrochen hat. Die Lust am Luxus und ein guter Bluff."

Guntram grinste zufrieden. Er hatte den Mörder von Sara Silberblad verhaftet und saß nun in Danas Wohnzimmer, umringt von Melanie, Felix und natürlich Dana, die an seinen Lippen hingen. Sämtliche Bedenken, die er möglicherweise einmal gehabt hatte und die den Datenschutz betrafen, hatte er hinter sich gelassen, denn spätestens in der Gerichtsverhandlung würde ohnehin alles herauskommen und von der Presse aufgebauscht werden. Da konnte er jetzt getrost frei von der Leber reden. Zufrieden mit dieser Erklärung, setzte er sich bequem hin und erzählte weiter.

„Von Anfang an war klar, dass er ein Mordmotiv hatte – Geld. Wir haben ihm aber den trauernden Witwer abgenommen, weil er ein verdammt guter Schauspieler ist. Was meinen Argwohn weckte, war, dass er kurz nach Saras Tod eine Flugreise für zwei Personen gebucht hatte. Fünf- Sterne- Hotel auf Hawaii, Inselhopping und ein Anschlussaufenthalt in New York, zum

Shoppen. In Deutschland bekommt man ja einfach keine stylischen Klamotten. Die zweite Person war auch keineswegs seine Nichte, wie er uns weismachen wollte, sondern ein achtzehnjähriges Model, mit dem er sich anscheinend schon öfters getroffen hat."

„Aber warum?", fragte Dana.

„Weil auf den Malediven anscheinend nichts Vernünftiges zu kriegen war."

„Nein, ich meine: warum hat er Sara getötet? Und warum auf so bescheuerte Art und Weise?"

„Zum einen, weil er ihre Emails gelesen hat und wusste, dass sie sich von ihm trennen will. Merke: Nie den Pferdenamen als Passwort nehmen!"

Dana und Melanie nickten schuldbewusst. Bei Melanie überwog aber die Freude, dass der verhasste Unternehmensberater seine völlig überbewertete und nervtötende Tätigkeit für längere Zeit einstellen musste. Sie kam aus dem Grinsen gar nicht mehr heraus. „Und was war der andere Grund?", wollte sie wissen.

„Abgesehen davon, dass Conni sich durch Saras Tod dauerhaft ein schönes Leben machen konnte – also hätte machen können -, hatte er die Gelegenheit. Nichts war leichter als in die Sattelkammer zu schlendern, wenn gerade niemand im Stall war, und mit einem passenden

Werkzeug die Nähte am Sattelgurt aufzutrennen. Man braucht noch nicht einmal geschickte Finger. Jeder Idiot kann das. Wenn er auch selbst kein Reiter ist, kannte sich Conni doch gut genug aus, um zu wissen, wie man so einen Gurt auf unauffällige Art und Weise fast zerstört. Aber eben nur fast. Dann musste er nur noch warten, bis Sara mitsamt Sattel vom Pferd stürzen und sich leider, leider tödlich verletzen würde."

„Und wenn sie die Manipulation rechtzeitig bemerkt hätte? Oder beim ersten Versuch nicht gestorben wäre?", fragte Dana.

„Hätte er es weiter versucht. Er hatte ja schließlich alle Möglichkeiten. Genau deshalb fühlte er sich ja so sicher. Wer hätte ihn denn verdächtigt, ihn, den trauernden Ehemann? Es sprach ja alles gegen ihn. Hätte er Sara töten wollen, hätte er da doch ganz andere Möglichkeiten gehabt, nicht wahr. Ein tragischer Unfall im häuslichen Umfeld, ein trauriger Verkehrsunfall – es gibt so viele Möglichkeiten, wie jemand zu Tode kommen kann, ohne dass man gleich auf einen Mord tippt. Und wenn man so viele Möglichkeiten hat, wird man doch nicht so bescheuert sein und einen Sattelgurt ganz filigran anritzen und auf den Tag warten, an dem der Todessturz passiert? Darauf hatte Conni spekuliert und es genauso gemacht."

„Wow", sagte Melanie.

„Und draufgekommen bin ich ihm letztlich durch meine ausgefuchste Verhörtaktik", erklärte Guntram unbescheiden. „Ich hatte ihn ja schon bei den Reisevorbereitungen überrascht, als ich noch einmal in der Villa Silberblad vorbeischaute."

„Silberblick", warf Melanie ein.

„Auch das", nickte Guntram. „Das war dem guten Conni schon ein bisschen peinlich. Übrigens eine sehr schöne junge Frau, diese Lily Grand."

„Das Model", übersetzte Dana für Felix, der verständnislos guckte. „In Wirklichkeit heißt sie Lisa Groß."

„Dass ich die angebliche Nichte kennengelernt habe, war Constantin fast noch unangenehmer. Und als ich dann geblufft habe und ihm sagte, er sei in der Sattelkammer gesehen worden, als er sich an Romeos Sattel zu schaffen machte, war es mit seiner Fassung ganz vorbei. Das wäre ganz ausgeschlossen, schrie er. Da dachte ich schon, ich hätte es übertrieben. Aber egal, halb gebluft ist doof, also hab ich noch nachgelegt. Dem Zeugen wäre es erst später klar geworden, was er gesehen habe. Tja, und da hat sich Conni dann verplappert und ich hatte ihn."

***

„Mich hat keiner gesehen, weil die Tür zu war. Dieser Idiot von Sven will mir nur was anhängen, weil er sauer ist, dass er nicht mit Sara Pferde züchten kann. Ups."

Auch Lily alias Lisa war aufgefallen, dass sich ihr reicher Lover soeben um Kopf und Kragen geredet hatte. Peinlich berührt erhob sie sich von dem Designersofa, auf dem sie dekorativ herumgelungert und Selfies gepostet hatte, und sprach die folgenschweren Worte: „Das wars dann wohl, mein Lieber."

„Das wollte ich auch gerade sagen. Constantin Silberblad, du bist verhaftet." Geschickt legte Guntram Constantin Handschellen an.

***

„Und als nächstes haben wir Gabriel Ullrich alias GAULL verhaftet. Der hat sich nämlich geweigert, Angaben zu seinen Helfern zu machen. Wir haben in seinem Atelier Belege über eingeschmolzene Bronzen gefunden. Da wurde er dann ganz komisch und wollte nicht mehr mit uns sprechen. Weil er außerdem einen Oldie-Trecker hat und für die Diebstähle kein Alibi, haben wir ihn direkt mitgenommen. Das war der erste Mensch, der sich darüber gefreut hat, dass er verhaftet wird.

Es wäre unschätzbare Publicity und außerdem Zeit für einen Imagewechsel. Er wäre jetzt der Bad Boy. Der Outlaw, der mit seinen Pferden ruhelos die Welt durchstreift. Nicht Teil von ihr und doch darin. Kein GAULL mehr, sondern ein Schattenpferd, dessen Formen fließend sind. Ungefähr an dem Punkt des Gesprächs brauchte ich eine Pause und einen Kaffee. Und den hätte ich jetzt auch ganz gern. Ich hab schon einen ganz trockenen Hals", klagte Guntram.

***

„Als ich das hörte, war mir natürlich alles klar. Ich weiß allerdings nicht, wie Bella Sara mit einer Haflingerstute verwechseln konnte. Sara war ja immer so eine dürre Bohnenstange. Aber man muss ja auch auf die andere Perspektive Rücksicht nehmen. Von da unten sieht die Welt wahrscheinlich ganz anders aus. Aua! Nicht zwicken, hörst du?"

„Was?" fragte Bella. „Schuldigung, ich hör manchmal so schlecht."

Sie ging einen Schritt näher auf mein Bein zu. Ich wich zurück. Wir standen auf dem Paddock und ich erklärte den anderen, wie ich den Mordfall aufgeklärt hatte. Ganz allein. Mit ein bisschen Hilfe durch die Minishettys, aber deren Beitrag war – nun ja – naturgemäß eben auch sehr klein ausgefallen.

„Also unsere kleine Freundin hier – aua! – hat jedes Recht, die verstorbene Sara so zu nennen, wie sie will, ich bleibe aber bei Sara. Aua! Was ist denn jetzt schon wieder?" Ich beugte mich zu ihr hinunter.

„Ich bin nicht klein, sondern genau richtig. Ihr anderen seid alle zu groß. Stimmt doch, Dicker, oder?"

„Ich bin nicht … aua!" Nervös zog ich mein Bein weg. „Meinetwegen. Also, Bella und Blacky und meine Wenigkeit hier…" an dieser Stelle hatte ich einen donnernden Applaus eingeplant. Aber damit waren die anderen anscheinend überfordert. Ist ja nicht jeder so ein kluges Köpfchen wie ich. Ich sprach weiter: „… wussten sofort, dass hier etwas nicht stimmt. Die langweiligen Details lasse ich mal weg, wie zum Beispiel den Treckerfahrer, der den Bronze-Romeo von nebenan abgesägt hat. Oder Nele, die Sven permanent gestalkt hat und ihn um ein Haar zusammen mit Sara erwischt hätte. Oder wie Sven die ganzen Hochsitze angesägt hat."

„Und die Brücke auch!", brummelte Faxe.

„Genau. Diese unwichtigen Sachen erwähne ich nicht, sondern komme direkt zum Punkt."

„Jetzt komm aber mal zum Punkt", nörgelte Else.

„Musst du dich nicht um dein spanisches Mähnenwunder kümmern?", fragte ich spitz. Der schwarze Dummbolzen mit den langen Haaren fühlte sich angesprochen: „Si!"

„Um mißß kümmerrrn? Wießo?", fragte Companero, dem das alles irgendwie zu hoch war.

„Nicht um dich. Um das HÜBSCHE Mähnenwunder. Das schwarze. Das, das aus Spanien kommt. Nicht das olle weiße aus Gelsenkirchen", erklärte Else.

Companero sah sie an, als wollte er ihr einen Vogel zeigen, was als Pferd zugegebenermaßen nicht so einfach ist.

„Komm zur Sache, Alter", knurrte Bella. „Du hältst uns vom Essen ab."

„Ich bin nicht …. aua!! Also Constantin brauchte Saras Geld. Sara wollte aber lieber Sven als Constantin haben. Und außerdem den Hof von den Schlammis. Sven hat heimlich, still und leise alles Mögliche angesägt, um Schlammi zu verschrecken. Dann – und das ist das eigentlich Witzige daran…" Ich schmunzelte kurz, sprach aber hastig weiter, als mich Bella drohend ansah. „… kamen die Wachsamen Weganer dazu, die als bekennende Jagdgegner Drohbriefe schrieben. Das passte vom Timing her sehr gut. Und zu guter Letzt hat Schlammi ein Gewehr verklüngelt und hatte nun wirklich Angst. Da war Sara aber schon tot. Weil Constantin so sehr an Saras Geld hing und ihr Alleinerbe war, hatte er beschlossen, etwas nachzuhelfen, bevor sie sich am Ende noch mit Sven zusammentäte und das schöne Geld futsch wäre. Also hat er den Sattelgurt angeritzt, was unser Freund Blacky beobachtet hat. Es war dann an mir, die ganzen Puzzleteile zusammenzusetzen."

***

„Guck mal, Papa, ist das dein Gewehr?" Thomas Schlammer hielt die Waffe am langen Arm. „Hab ich im Hühnerstall gefunden. Außerdem noch zwei Waschmaschinen, eine Mikrowelle und ein Blutdruckmessgerät. Haben Hühner Bluthochdruck?"

„Das musst du einen Tierarzt fragen", antwortete sein Vater zerstreut. „Da also war es! Und ich hab überall gesucht."

„Wie wäre es, wenn du es gleich in den Waffenschrank tust?", schlug sein altkluger Sohn vor und stemmte die Arme in die Hüften.

„Sobald ich den Schlüssel dafür gefunden habe. Bist du fertig mit deinen Hausaufgaben?"

„Leider ja. Darf ich jetzt in dem Medizin-Lexikon lesen, das ich mir von Kuddi Helmbrecht ausgeliehen habe? Es wäre wichtig für meine Berufswahl. Obwohl ich vielleicht auch Raumfahrt studieren möchte."

„Wegen mir", antwortete Schlammi, dem sein Sohn immer unheimlicher wurde. Gedankenverloren wanderte er zum Hühnerstall und betrachtete dessen gackernde Bewohner.

Eigentlich unvorstellbar, dass er und Eva so einen Intelligenzbolzen hervorgebracht haben sollten. Zum Ausgleich war sein Bruder Timmy das genaue Gegenteil, was schulische Leistungen betraf. Hauptsache, das dösige Gewehr war wieder da. Wo hatte er es doch gleich noch hingelegt?

12

Der Murmelmarder – Der Zottelzwerg lernt Deutsch – Es wird romantisch

„Wisst ihr schon? Der Murmelmarder ist da und die Autobahn muss gehen!"

Aufgeregt betrat Dana die Stallgasse. Alle Gespräche verstummten und jeder drehte sich zu ihr um.

„Der Murmel… was?", fragte Melanie.

„Murmelmarder", wiederholte Dana. Nach Büroschluss war sie Frau Schmidtke vor die Füße gelaufen und von ihr mit den neuesten Gerüchten versorgt worden. Wobei die Info über den Planungsstopp der A 666 aus erster Hand kam, nämlich direkt von Annemarie Deiters und Kurti Puvogel aus dem Verkehrsministerium.

„Unter Umgehung der nachgeordneten Behörden und noch bevor es die Presse erfährt", hatte Frau Schmidtke gestrahlt. Dackelwelpe Dieter umwuselte währenddessen Danas Beine. Sie bückte sich, um ihn zu streicheln, während Frau Schmidtke mitteilte, dass eine ortsansässige Persönlichkeit den extrem seltenen und scheuen

Murmelmarder gefunden habe sowie eine Umweltschutzorganisation, die deshalb gegen den Autobahnbau klagen würde. So ein Klageverfahren würde locker nochmal zwanzig Jahre dauern. Woraufhin sich das Verkehrsministerium geschlagen gab.

Dana war beeindruckt, aber etwas irritierte sie. „Der Murmelmarder nistet dort, wo die A 666 gebaut werden soll?", fragte sie nach. „Marder sind doch keine Vögel!"

„Aber ihre Jungen ziehen sie in einem Nest groß. Da bleiben die Kleinen ein paar Monate lang drin. Und weil die Murmelmarder so extrem selten und so sehr geschützt sind, darf die Autobahn nicht gestoppt werden. Und wer hat sie hier entdeckt? Die Annemarie!", triumphierte Frau Schmidtke.

„Frau Deiters? Hat die Murmelmarder entdeckt?"

„Na ja, also nicht entdeckt. Das war irgend so ein Naturforscher im 16. Jahrhundert. Aber zumindest hier gefunden", schränkte Frau Schmidtke ein. „Wenn die Annemarie ihre Tabletten nimmt, kann sie Dinge, da schlackern andere mit den Ohren!"

Und wenn nicht, sieht sie kleine Männchen aus der Steckdose krabbeln, die dabei schweinische Lieder singen, dachte Dana, brachte es aber nicht übers Herz, das laut zu sagen. Stattdessen formulierte sie: „Das ist ja großartig für uns alle!"

„Nicht wahr? Und da ist der Kurti vom Ministerium direkt hingegangen und hat den Planungsstopp verhängt." Jetzt strahlten Frau Schmidtke und Dana um die Wette.

Und Dana strahlte noch immer, als sie auf dem Petershof ankam und ihre Neuigkeit verkündete.

„Wie heißt das Tier? Murmelurmel? Hab ich noch nie von gehört." Melanie zeigte sich unbeeindruckt.

„Ich vorher auch nicht, das ist aber auch Wurscht. Komm, wir feiern!"

Und so kam es, dass die Pferde des Petershofs unverhofft einen freien Tag bekamen und den für gruppendynamische Übungen nutzten.

„Sag Stehmähne", forderte Else das spanische Mähnenwunder auf.

„Ssstehmähne", lispelte der folgsam.

„Und jetzt scheußliche Stehmähne", forderte Stuti.

„SSSeußliße Ssstehmähne, guapa". Dabei zwinkerte er ihr schelmisch zu.

„Ich heiße Stuti. Nicht Guapa."

Damit war der Zottelzwerg heillos überfordert und stolperte vor lauter Konzentration über sein Heu.

„Guapa ist spanisch und heißt Hübsche", erklärte Faxe, der sich anscheinend als Integrationsbeauftragten sah.

„Na dann…", Stuti schüttelte kokett den Kopf, dass ihre seidig-glänzende Mähne flog.

„Stuti, ich unterbinde das jetzt", rief ich sie zur Ordnung. „Im Übrigen habe ich keine Stehmähne mehr. Wenn du genau hinschaust, siehst du, dass sich die Haarspitzen schon leicht neigen."

„Gar nicht!"
„Doch!"
„Nein!"
„Doch!"
„Nein!"
„Doch!"
„Nein!"
„Nein!"

Verwirrt sahen wir uns an.

„Worum geht's eigentlich nochmal?", fragte Stuti.

Ich zuckte die Achseln. Also wenn ich welche gehabt hätte, hätte ich die gezuckt.

„Ich mein ja nur", sagte Stuti und sah dabei ganz wunderschön aus.

„Ich auch", erwiderte ich gefühlvoll. „Bist doch meine Guapa!"

„Ich mag es, wenn du ausländisch sprichst", kicherte sie.

Dem schwarzen Spanier war das alles zu viel geworden und er hatte sich in seinem Essen schlafen gelegt. Else bewachte seinen Schlummer. Ich flüsterte Stuti ins Ohr: „Ich mag dich auch!"

Ich glaube, das ist der Beginn einer wunderbaren Freundschaft.

Faxes Lieblings-Leckerlis

Zutaten:

4 Bananen

300 g Haferflocken

Zubereitung:

Den Backofen auf 180 Grad vorheizen und ein Backblech einfetten (oder mit Backpapier auslegen). Nun die Bananen mit einer Gabel zerdrücken, die Haferflocken dazugeben und zu einem glatten Teig verarbeiten. Falls der Teig zu matschig ist, können mehr Haferflocken dazu gegeben werden. Dann aus dem Teig Röllchen mit zirka 1 cm Durchmesser formen und in handliches Leckerli-Format zerteilen. Aufs Backblech legen und zirka 20 -30 Minuten backen. Danach noch ein bis zwei Tage auf die Heizung legen, bis die Bananenröllchen völlig durchgetrocknet sind.

Weitere Bücher von Pfridolin Pferd:

Tod im Misthaufen

Der Springreiter Ralph Reißmann wird tot im Misthaufen gefunden. Wie er da reingekommen ist, ist unklar. Pfridolins sogenannte Besitzerin mischt sich in die Ermittlungen ein, genau wie ihr Pferd und dessen bester Kumpel Faxe. Wobei die natürlich erfolgreicher sind.

ISBN 978-3-7347-8896-3

Tödlicher Tierarzttermin

Das Blöde am Sommer sind die Temperaturen. Und die Fliegen. Und die Langeweile. Obwohl Pfridolin von Beruf Freizeitpferd ist, mit Betonung auf Freizeit, freut er sich doch, dass es wieder einen rätselhaften Todesfall auf dem Petershof gibt, in dem er sein Talent als Meisterdetektiv unter Beweis stellen kann. Denn der Tierarzttermin ist in erster Linie für den Tierarzt tödlich…

ISBN 978-3-7528-1684-6

… und ich dachte, Reiten kann man lernen

Von einer, die es will und doch nicht kann, und ihrem Pferd. Eine emotionale Achterbahnfahrt durch den Reitunterricht. Mit den besten Geschichten aus dem Blog und neuen Stories.

ISBN 978-3-7392-3596-7

Marc Lubetzki

Im Kreis der Herde

Tierfilmer Marc Lubetzki beobachtet und filmt seit 2012 Wildpferdeherden unter anderem in Deutschland, Großbritannien und Portugal. Während der Dreharbeiten wird er selbst ein Teil der Herde. Wie er das Vertrauen der Tiere gewinnt und welche Schlüsse er aus seinen einzigartigen Beobachtungen zieht, beschreibt er in diesem Buch. Es gelingt ihm, alte Missverständnisse wie beispielsweise die Leithengst-Lüge, aufzuklären und zu beweisen, wie nah sich Wild- und Hauspferd in ihrem Verhalten sind. Ein Band voller faszinierender Bilder und erstaunlicher Erkenntnisse. ISBN 978-3-4401-6436-5 (Okt. 2019)

Christina Schumann

Traditionelle Chinesische Medizin im Alltag mit Pferden

Beschäftigt man sich mit der Traditionellen Chinesischen Medizin, betrachtet man sein Pferd plötzlich aus einem ganz anderen Blickwinkel. Man erkennt den Zusammenhang von Körper, Geist und Natur. Die Grundlage dieser Betrachtungsweise stellen die fünf verschiedenen Pferdetypen dar, die in diesem Buch ausführlich vorgestellt werden. Möchte man sein Pferd einem dieser Typen zuordnen, hilft der Test zur Typenbestimmung. Am Ende wird deutlich, dass die TCM weit mehr als eine Form der alternativen Medizin ist. Erkennt man ihre Faszination, wird sie zu einer Lebenseinstellung.

Erhältlich im Shop bei slaka-pferde.de

Poster für Pferdemenschen

Set von drei Postern im Lettering-Stil. Sehr hochwertig gedruckt auf 400-Gramm-Papier mit Lackdruck. Die Sätze darauf erinnern uns daran, was für ein unsagbares Glück wir haben, mit Pferden zu leben (und ja, es sind spezielle a life with horses- Sätze!).

Gibt es im Shop bei alifewithhorses.de